Contos Universais

PARA GOSTAR DE LER 11

Contos Universais

ANTON TCHEKHOV • EDGAR ALLAN POE
FRANZ KAFKA • GUY DE MAUPASSANT
JACK LONDON • MIGUEL DE CERVANTES
VOLTAIRE

editora ática

Contos universais
Este livro apresenta os mesmos textos ficcionais das edições anteriores.

Diretor editorial	Fernando Paixão
Editora	Carmen Lucia Campos
Colaboração na redação de textos	Malu Rangel
Coordenadora de revisão	Ivany Picasso Batista
Revisora	Bárbara Borges

ARTE

Editora	Suzana Laub
Editor assistente	Antonio Paulos
Criação do projeto original da coleção	Jiro Takahashi
Editoração eletrônica	Studio 3 Desenvolvimento Editorial Eduardo Rodrigues
Edição eletrônica de imagens	Cesar Wolf

CIP-BRASIL. CATALOGAÇÃO NA FONTE
SINDICATO NACIONAL DOS EDITORES DE LIVROS, RJ

C781
9.ed

Contos universais / Anton Tchekhov [et al.] ; [tradução Solange Lisboa et al.]. - 9.ed. - São Paulo : Ática, 2003.
136p. : il. (Para Gostar de Ler)

Contém suplemento de leitura
ISBN 978-85-08-08308-4

1. Conduta – Literatura infantojuvenil. 2. Ética – Literatura infantojuvenil. 3. Antologias (Conto infantojuvenil). I. Tchekhov, Anton Pavlovitch, 1860-1904. II. Série.

10-1114. CDD: 028.5
CDU: 087.5

ISBN 978 85 08 08308-4 (aluno)
ISBN 978 85 08 08309-1 (professor)
Código da obra CL 730595
CAE: 219059 AL

2024
9ª edição
21ª impressão
Impressão e acabamento: Log&Print Gráfica, Dados Variáveis e Logistica S.A.

Avenida das Nações Unidas, 7221 – CEP 05425-902 – São Paulo, SP
Atendimento ao cliente: 4003-3061 – atendimento@atica.com.br
www.atica.com.br

Sumário

Histórias do mundo inteiro

Ao longo dos tempos, muitos escritores recorreram ao conto como forma de expressar suas impressões sobre o mundo em que viviam. E assim, em diferentes lugares e em diversas épocas, foi surgindo o conjunto rico e variado de contos que hoje conhecemos.

Muitos desses textos se tornaram verdadeiras obras-primas da literatura universal e continuam encantando, ainda nos nossos dias, leitores de todas as idades e de todas as partes do mundo.

Neste livro você vai encontrar reunidos treze desses contos. Eles foram criteriosamente selecionados e traduzidos a partir dos textos originais de seus autores: Guy de Maupassant, Anton Tchekhov, Edgar Allan Poe, Voltaire, Jack London, Franz Kafka e Miguel de Cervantes.

Todas as histórias, embora distintas entre si, são igualmente fascinantes e atuais, pois falam, cada uma à sua maneira, de um tema que sempre tocará ao leitor: a própria condição humana.

Boa leitura!

Guy de Maupassant

Bettman/Corbis/Stock Photos

Meu tio Jules

Guy de Maupassant

Ao Sr. Achulle Bénouville.

Um velho pobre, de barbas brancas, pediu uma esmola. Meu amigo, Joseph Davranche, deu-lhe cem soldos. Fiquei surpreso. Ele me disse:

— Este miserável lembrou-me uma história que vou lhe contar e cuja lembrança me persegue. Ei-la.

Minha família, originária do Havre, não era rica. Remediava-se, eis tudo. Meu pai trabalhava, voltava tarde do escritório e não ganhava grande coisa. Eu tinha duas irmãs.

Minha mãe sofria muito com as dificuldades em que vivíamos, e sempre encontrava um meio de dizer palavras amargas, censuras dissimuladas e pérfidas para seu marido. O pobre homem fazia então um gesto que me dilacerava o coração. Passava a mão aberta sobre a testa para enxugar um suor que não existia, e nada respondia.

Eu sentia sua dor impotente. Economizava-se em tudo; nunca se aceitava um convite para jantar para não ter de retribui-lo; compravam-se sempre provisões com abatimentos, os saldos das lojas. Minhas irmãs faziam seus próprios vestidos e havia longas discussões sobre o preço de um galão que valia quinze centavos o metro. Nossa alimentação frequente consistia em uma sopa gordurosa e carne de vaca com qualquer tempero. Era saudável e reconfortante, parece; eu preferiria outra coisa.

Faziam-se cenas abomináveis por causa dos botões perdidos e calças rasgadas.

Mas todo domingo íamos passear em uniforme de gala. Meu pai, de sobrecasaca, com um grande chapéu, luvas, oferecia o braço à minha mãe, embandeirada como um navio em dia de festa. Minhas irmãs, as primeiras a estarem prontas, esperavam o sinal de partida; mas, no último momento, descobria-se sempre uma mancha esquecida na sobrecasaca do chefe de família; era preciso tirá-la rapidamente com um pano molhado de benzina.

Meu pai, conservando seu grande chapéu na cabeça, esperava em mangas de camisa que a operação terminasse, enquanto minha mãe se apressava, tendo ajustado seus óculos de míope e retirado suas luvas para não as estragar.

Caminhava-se com cerimônia. Minhas irmãs na frente, de braços dados. Estavam em idade de casar, e se mostravam na cidade. Eu me mantinha à esquerda da minha mãe, meu pai à direita. Lembro-me do ar pomposo de meus pobres pais nesses passeios de domingo, a rigidez de seus traços, a severidade do andar. Avançavam com um passo grave, o corpo reto, as pernas duras, como se algo de grande importância dependesse do comportamento.

Todos os domingos, vendo os grandes navios que voltavam de países desconhecidos e distantes, meu pai pronunciava invariavelmente as mesmas palavras:

— Ah! Se Jules estivesse lá dentro, que surpresa!

Meu tio Jules, o irmão de meu pai, era a única esperança da família, após ter sido o terror. Ouvi falar dele desde minha infância, acreditava que o reconheceria no primeiro olhar, tanto sua lembrança tornou-se familiar para mim. Sabia de todos os detalhes de sua existência até o dia de sua partida para a América, ainda que se falasse apenas em voz baixa sobre esse período de sua vida.

Ao que parece, ele havia tido uma má conduta, isto é, esbanjado dinheiro, o que é enorme crime para as famílias pobres. Entre os ricos, um homem que se diverte "faz besteiras". É o que se chama, sorrindo, um pândego. Para os necessitados, um garoto que desfalca os pais passa a ser um mau sujeito, um patife.

Essa distinção é justa, ainda que o fato seja o mesmo — são as consequências que determinam a gravidade do ato.

Enfim, o tio Jules havia diminuído consideravelmente a herança com que meu pai contava; após ter, aliás, esbanjado sua parte até o último tostão.

Embarcaram-no para a América, em um navio mercante, como se fazia então, indo do Havre até Nova York.

Uma vez lá, meu tio se estabeleceu como comerciante de não sei o quê, e escreveu, em seguida, que ganhava algum dinheiro e esperava poder indenizar meu pai do prejuízo que havia causado. Essa carta causou uma profunda emoção na família. Jules, que não valia, como se diz, nem o ar que respirava, tornou-se de repente um homem honesto, um rapaz de bom coração, um verdadeiro Davranche, íntegro como todos os Davranche.

Um capitão nos informou, além disso, que ele havia alugado uma grande loja e que fazia um comércio importante.

Uma segunda carta, dois anos mais tarde, dizia: "Meu caro Philippe, escrevo para que não se preocupe com minha saúde, que está boa. Os negócios também vão bem. Parto amanhã para uma longa viagem na América do Sul. Ficarei, talvez, alguns anos sem lhe dar notícias. Se não escrever, não se aflija. Voltarei a Havre assim que fizer fortuna. Espero que seja logo e viveremos felizes juntos..."

Essa carta tornou-se o evangelho da família. Era lida em qualquer ocasião e mostrada a todo mundo.

Durante dez anos, de fato, o tio Jules não deu mais notícias; mas a esperança de meu pai aumentava à medida que o tempo corria; e minha mãe frequentemente dizia:

— Quando o bom Jules estiver aqui, nossa situação mudará. Eis aí alguém que soube fazer negócios!

E todo domingo, observando os grandes vapores negros vomitando sobre o céu serpentes de fumaça, meu pai repetia sua eterna frase:

— Ah! Se Jules estivesse lá dentro, que surpresa!

E aguardávamos que ele agitasse um lenço e gritasse:

— Oh! Philippe.

Mil projetos se fizeram a respeito desse retorno certo; deviam até mesmo comprar uma pequena casa de campo perto de Ingouville. Não duvido que meu pai já não tivesse entabulado negociações a esse respeito.

A mais velha das minhas irmãs tinha então 28 anos; a outra, 26. Não casavam e isso causava grande dor a todos.

Um pretendente finalmente se apresentou para a segunda. Um empregado não rico, mas honrado. Sempre tive a convicção de que a carta de tio Jules, mostrada uma noite, acabou com as hesitações e foi decisiva na resolução do jovem.

Ele foi aceito com diligência, e decidiu-se que após o casamento toda a família faria junta uma pequena viagem a Jersey.

Jersey era a viagem ideal para as pessoas pobres. Não era longe; atravessa-se o mar em um vapor e chega-se em terra estrangeira, numa ilhota pertencente aos ingleses. Portanto, um francês, com duas horas de navegação, podia proporcionar a si mesmo a visão de um povo vizinho e estudar os costumes, deploráveis aliás, dessa ilha de bandeira britânica, como dizem as pessoas simples.

Essa viagem a Jersey tornou-se nossa preocupação, único desejo, nosso sonho de todos os instantes.

Partiu-se enfim. Vejo como se fosse ontem: o vapor aquecendo as caldeiras no cais de Granule; meu pai, desorientado, fiscalizando o embarque de nossos três pacotes; minha mãe, inquieta, tendo tomado o braço de minha irmã não casada, que parecia perdida desde a partida da outra, como uma galinha abandonada sem sua ninhada; atrás de nós, os recém-casados, que ficavam sempre para trás, obrigando-me a virar a cabeça frequentemente.

O apito da embarcação soou. Estamos a bordo, e o navio, deixando o quebra-mar, distanciou-se sobre um mar liso como uma mesa de mármore verde. Olhávamos a orla desaparecer, felizes e orgulhosos como todos aqueles que viajam pouco.

Nosso pai encolhia a barriga sob a sobrecasaca, da qual ele havia, nessa mesma manhã, retirado cuidadosamente todas as manchas, e por isso difundia o odor de benzina dos dias de passeio, o que me fazia reconhecer os domingos.

De repente, ele avistou duas elegantes senhoras a quem dois senhores ofereciam ostras. Um velho marinheiro esfarrapado abria com uma faca as conchas e as passava aos senhores, que as estendiam em seguida para as damas. Elas comiam de maneira delicada, mantendo as cascas em um lenço fino e avançando a boca para não manchar seus vestidos. Depois bebiam a água com um pequeno movimento rápido e jogavam as conchas ao mar.

Meu pai, sem dúvida, foi seduzido por aquela maneira distinta de comer ostras em um navio em curso. Achou de bom-tom, refinada, superior, e aproximou-se de minha mãe e de minhas irmãs perguntando:

— Vocês gostariam de algumas ostras?

Minha mãe hesitava, por causa da despesa; mas minhas irmãs aceitaram imediatamente. Minha mãe disse em tom contrariado:

— Tenho medo que me faça mal ao estômago. Ofereça somente às crianças, mas não muito.

Depois, virando em minha direção, acrescentou:

— Quanto a Joseph, ele não precisa; não se deve estragar os garotos com mimos.

Permaneci ao lado de minha mãe, achando injusta essa discriminação. Eu seguia com os olhos o meu pai, que conduzia pomposamente suas duas filhas e seu genro até o marinheiro esfarrapado.

As duas senhoras acabavam de sair, e meu pai indicava às duas filhas como se fazia para comer ostras sem deixar verter a água; ele mesmo quis dar o exemplo, e apoderou-se de uma ostra. Tentando imitar as damas, imediatamente derramou todo o líquido na sobrecasaca, e eu ouvi minha mãe murmurar:

— Seria melhor ele ficar quieto.

Mas, de repente, meu pai me pareceu inquieto; distanciou-se um pouco, olhou fixamente sua família comprimida em torno do abridor de ostras, veio em nossa direção. Estava extremamente pálido, com os olhos estranhos. Disse a meia voz para minha mãe:

— É impressionante como este homem, que abre as ostras, se parece com Jules.

Minha mãe, confusa, perguntou:

— Que Jules?

Meu pai retomou:

— Mas... meu irmão... Se não soubesse que está em boa posição, na América, acreditaria que é ele.

Minha mãe, sobressaltada, balbuciou:

— Você está louco! Já que sabe que não é ele, por que diz essas besteiras?

Meu pai insistia:

— Vá então vê-lo, Clarisse; acho melhor que se certifique com seus próprios olhos.

Ela se levantou e foi se juntar às suas filhas. Eu também olhava o homem. Era velho, sujo, todo enrugado e não desviava os olhos do seu trabalho.

Minha mãe voltou. Percebi que tremia. Pronunciou muito rapidamente:

— Creio que é ele. Vá se informar com o capitão. Mas seja prudente para que este biltre não caia em nossas mãos!

Meu pai se distanciou, mas eu o seguia. Sentia-me estranhamente emocionado.

O capitão, um senhor grande, magro, de longas suíças, passeava na passarela com ar importante, como se estivesse comandando o correio das Índias.

Meu pai o abordou com cerimônia, interrogando sobre seu ofício, enchendo-o de elogios:

— Qual era a importância de Jersey? Sua produção? Sua população? Seus hábitos? A natureza do solo e etc. ... etc.

Parecia que se tratava pelo menos dos Estados Unidos da América.

Depois, falou da embarcação que nos transportava, L'Express; sobre a tripulação. Meu pai, finalmente, com uma voz perturbada:

— O senhor tem um velho abridor de ostras que parece bem interessante. O senhor sabe alguns detalhes sobre esse homem?

O capitão, que começava a se irritar com a conversa, respondeu secamente:

— É um velho vagabundo francês que encontrei na América o ano passado e que repatriei. Parece que tem parentes em Havre, mas não quer retornar para perto deles porque lhes deve dinheiro. Ele se chama Jules... Jules Darmanche ou Darvanche. Qualquer coisa assim. Parece que por um momento foi rico por lá, mas veja ao que está reduzido.

Meu pai, que se tornara lívido, articulou, a garganta apertada, os olhos desvairados:

— Ah! Ah! Muito bem... muito bem... Isso não me espanta... Agradeço ao senhor, capitão.

E partiu, enquanto o marinheiro o olhava desconfiado distanciar-se. Retornou para o lado da minha mãe, tão descomposto, que ela lhe disse:

— Sente-se; vão perceber alguma coisa.

Ele caiu sobre o banco gaguejando:

— É ele, é ele mesmo!

Depois perguntou:

— O que vamos fazer?...

Ela respondeu prontamente:

— É preciso distanciar as crianças, visto que Joseph sabe tudo, vá procurá-las. Precisamos tomar cuidado sobretudo para que nosso genro não desconfie de nada.

Meu pai parecia aterrado. Murmurou:

— Que catástrofe!

Minha mãe acrescentou, tornando-se de repente furiosa:

— Eu sempre desconfiei que esse ladrão não faria nada, e que recairia sobre nossas costas! Como se se pudesse esperar alguma coisa de um Davranche!...

E meu pai passou a mão sobre a testa, como fazia sob as censuras de sua mulher.

Ela acrescentou:

— Dê dinheiro a Joseph para que vá pagar as ostras, imediatamente. Só nos falta agora sermos reconhecidos por esse mendigo. Faria um efeito e tanto no navio! Vamos para o outro lado e achar um meio para que não se aproxime de nós!

Ela se levantou, e eles se distanciaram após ter me entregue uma peça de cem soldos.

Minhas irmãs, surpresas, esperavam seu pai. Afirmei que mamãe não se sentia muito bem e perguntei ao abridor de ostras:

— Quanto devemos, senhor?

Eu tinha vontade de dizer: meu tio.

Ele respondeu:

— Dois francos e cinquenta.

Estendi os meus cem soldos e ele me devolveu o troco.

Eu olhava sua mão de marinheiro, toda plissada, e olhava seu rosto, um velho e miserável rosto, triste, vencido, dizendo-me:

— É meu tio, o irmão de meu pai!

Eu lhe dei dez soldos de gorjeta. Ele me agradeceu:

— Deus o abençoe, meu jovem.

Com a entonação de um pobre que recebe esmola. Achei que havia mendigado por lá.

Minhas irmãs me contemplavam, estupefatas com minha generosidade.

Quando entreguei os dois francos a meu pai, minha mãe, surpresa, perguntou:

— Custou três francos?... Não é possível.

Declarei com uma voz firme:

— Dei dez soldos de gorjeta.

Minha mãe teve um sobressalto e olhou-me nos olhos:

— Você está louco! Dar dez soldos a esse homem, a esse indigente!...

Ela parou sob o olhar de meu pai, que indicava seu genro.

Depois se calou.

Diante de nós, no horizonte, uma sombra violeta parecia sair do mar. Era Jersey.

Quando nos aproximamos do quebra-mar, um desejo violento me veio ao coração, de ver ainda uma vez meu tio Jules, de me aproximar, de lhe dizer alguma coisa consoladora, terna.

Mas como ninguém mais comia ostras, ele havia desaparecido, descido para o fundo do porão infecto onde se alojava esse pobre.

E voltamos pelo barco de Saint-Malo, para não o reencontrar. Minha mãe estava consumida pela inquietação.

Eu nunca mais revi o irmão de meu pai!

Eis por que você me verá algumas vezes dar cem soldos aos vagabundos.

Tradução de Solange Lisboa

Alexandre

Guy de Maupassant

Naquele dia, às quatro horas, como todos os dias, Alexandre conduziu até a porta da pequena residência do casal Maramballe a cadeira de rodas, com a qual levava a passear, por ordem médica, sua velha e impotente patroa.

Colocou o leve veículo no degrau, precisamente onde podia fazer subir a gorda senhora, entrou na residência, e logo se escutou, no interior, uma voz furiosa, uma voz enrouquecida de velho soldado, que vociferava blasfêmias: era a do patrão, o ex-capitão de infantaria aposentado, Joseph Maramballe.

Seguiu-se ruído de portas fechadas com violência, ruído de cadeiras empurradas, ruído de passos agitados, depois nada mais e, após alguns instantes, Alexandre reapareceu na soleira da porta, segurando com toda força a senhora Maramballe, extenuada pela descida da escada. Após colocá-la, não sem esforço, na cadeira de rodas, Alexandre passou por trás, pegou a barra que servia para empurrar o veículo e seguiu em direção à margem do rio.

Eles atravessavam assim todos os dias a cidadezinha, em meio a cumprimentos respeitosos que se endereçavam tanto ao servidor como à patroa, pois se ela era amada e considerada por todos, ele era tido, esse velho soldado de barbas brancas como as de um patriarca, o modelo dos empregados.

O sol de julho caía brutalmente sobre a rua, inundando as casas baixas com sua luz triste, extremamente ardente e forte.

Cachorros dormiam sobre as calçadas à sombra dos muros. Alexandre, resfolegando um pouco, apressava o passo a fim de chegar mais rápido à avenida que levava ao rio.

A senhora Maramballe já dormitava sob sua sombrinha branca, cuja ponta, solta, algumas vezes ia se apoiar no rosto impassível do homem.

No momento em que atingiram a alameda Tilleuls, ela despertou imediatamente sob a sombra das árvores, e disse com uma voz afável:

— Mais devagar, meu pobre rapaz. Assim você vai se matar com esse calor.

Ela não pensava, no seu egoísmo ingênuo, que, se desejava ir mais devagar, era justamente porque acabavam de ganhar o abrigo das folhas.

A pequena distância desse caminho coberto por velhas tílias talhadas em abóbadas, a embarcação deslizava num leito tortuoso entre duas cercas de salgueiro. O borbulhar das contracorrentes, os respingos sobre as rochas, os bruscos rodeios de corrente, semeavam, ao longo desse passeio, uma doce canção de água e um frescor de ar molhado.

Após ter longamente respirado e saboreado o encanto úmido desse lugar, a senhora Maramballe murmurou:

— Vamos, agora está tudo bem. Hoje ele não estava muito bem-comportado.

Alexandre respondeu:

— Realmente, senhora.

Há 35 anos ele está a serviço dessa família, primeiro como ordenança do oficial, depois como simples criado que não quis deixar seus patrões; e há seis anos passeia toda a tarde com sua patroa pelos estreitos caminhos ao redor da cidade.

Desse longo serviço devotado, dessa conversação cotidiana, resultou entre a velha senhora e o velho servidor uma espécie de familiaridade, afetuosa nela, deferente nele.

Falavam dos negócios da casa como se faz entre iguais. O principal tema de conversa e inquietação entre eles era, aliás, o mau gênio do capitão, amargurado por uma longa carreira debutada com brilho, corrida sem avanços e terminada sem glória.

A senhora Maramballe retomou:

— Ele foi muito mal-educado. Isso tem acontecido com frequência desde que deixou o serviço.

Alexandre, com um suspiro, completou o pensamento de sua patroa:

— Ora, senhora, pode-se dizer que acontece todos os dias e que acontecia também antes de ele ter deixado o exército.

— É verdade. Mas ele não teve sorte, coitado. Por um ato de bravura foi condecorado aos vinte anos, e dos vinte aos cinquenta não passou de capitão, quando contava, pelo menos, chegar a coronel na aposentadoria.

— Apesar de tudo, senhora, pode-se dizer que a culpa foi dele. Se não tivesse sido sempre suave como um coice, seus chefes o teriam amado e protegido mais. De nada serve ser rude. É preciso agradar às pessoas para ser querido. Que ele nos trate dessa maneira, a culpa é nossa, já que nos agrada ficar ao seu lado. Mas com os outros é diferente.

A senhora Maramballe refletia. Há anos pensava todos os dias nas brutalidades do marido que tinha outrora desposado, há muito tempo, porque era um belo oficial, condecorado bem jovem, e cheio de futuro, diziam. Como nos enganamos na vida!

Ela murmurou:

— Paremos um pouco, meu pobre Alexandre, e repouse no banco.

Era um pequeno banco de madeira, em parte podre, colocado na curva da alameda para os passeantes de domingo.

Toda vez que passavam nesse ponto, Alexandre costumava respirar alguns minutos no banco.

Sentou tomando nas mãos, num gesto familiar e cheio de orgulho, sua bela barba branca aberta como um leque. Agarrou-a e escorregou a mão, fechando os dedos na ponta, retendo-a por uns instantes sobre a cavidade do estômago, como que para fixá-la ali e constatar, mais uma vez, o comprimento dessa vegetação.

A senhora Maramballe retomou:

— Eu, o desposei; é justo e natural que suporte suas injustiças, mas o que não compreendo é que você tenha também que aturá-lo, meu bravo Alexandre!

Ele fez um vago movimento com os ombros e disse apenas:

— Oh! Eu... senhora.

Ela acrescentou:

— De fato. Sempre pensei. Você era seu ordenança quando o desposei e não podia agir de outra maneira senão suportá-lo. Mas, depois, por que permaneceu conosco, que lhe pagamos tão pouco e o tratamos tão mal, já que poderia fazer como todo mundo, estabelecer-se, casar, ter filhos, formar uma família?

Ele repetiu:

— Oh! Eu, senhora... Não é isso. Depois se calou, mas puxava a barba como se badalasse um sino, como se tentasse arrancá-la, revirava os olhos assustados, imerso no embaraço.

A senhora Maramballe seguia seu pensamento.

— Você não é camponês. Recebeu educação.

Ele interrompeu com orgulho:

— Estudei para ser agrimensor, senhora.

— Então, por que permaneceu ao nosso lado, estragando sua existência?

Ele balbuciou:

— A vida é assim! É culpa de minha natureza.

— Como assim, de sua natureza?

— Quando eu me apego, me apego e está terminado.

Ela riu.

— Vejamos, você não vai me fazer crer que o bom comportamento e a doçura de Maramballe o prenderam por toda a vida?

Ele se agitava sobre o banco, visivelmente perdido e resmungou entre os longos pelos de seu bigode:

— Não por ele, mas pela senhora.

A velha dama, que tinha o rosto muito doce, coroado entre a testa e a cabeleira por uma linha, branca como a neve, de cabelos ondulados, enrolados todos os dias com cuidado e brilhantes como as plumas de um cisne, fez um movimento na cadeira de rodas e contemplou seu criado com os olhos surpresos.

— Eu, meu pobre Alexandre? Como assim?

Ele olhou para o céu, depois de lado, depois ao longe, girando a cabeça, como fazem os homens tímidos forçados a confessar segredos íntimos. Depois, calou-se e declarou com a coragem de soldado a quem se ordena enfrentar a linha de fogo:

— Foi assim: na primeira vez que levei à senhorita uma carta do tenente e a senhorita me deu vinte soldos e um sorriso, ficou tudo decidido.

Ela insistia, compreendendo mal.

— Vejamos. Explique.

Então, ele afirmou com o pavor de um miserável que, perdido, confessa um crime:

— Eu tive um sentimento pela senhora. Eis tudo.

Ela nada respondeu, parou de olhá-lo, baixou a cabeça e pensou. Era boa, correta, cheia de doçura, inteligente e sensível.

Ela pensou, num segundo, no imenso devotamento desse pobre ser que havia renunciado a tudo para viver ao seu lado sem nada dizer. Teve vontade de chorar.

Depois, com semblante mais grave, mas nem um pouco zangada:

— Voltemos — disse ela.

Ele se levantou, ficou atrás da cadeira de rodas, e começou a empurrá-la.

Quando se aproximavam da cidade, perceberam, no meio do caminho, o capitão Maramballe vindo na direção deles.

Assim que se encontraram, o capitão disse à sua mulher com visível desejo de se irritar:

— O que teremos para o jantar?

— Um franguinho e feijão branco.

Ele se encolerizou.

— Um frango, ainda frango, sempre frango, meu Deus! Você não tem outra ideia na cabeça além de me fazer comer todos os dias a mesma coisa?

Ela respondeu, resignada:

— Mas, meu querido, você sabe que o doutor receitou. É ainda o que há de melhor para seu estômago. Se não tivesse o estômago doente, eu o faria comer coisas que não ouso servir.

Então ele se plantou, exasperado, diante de Alexandre:

— É culpa deste imbecil se tenho o estômago doente! Há *35* anos que me envenena com sua cozinha suja!

A senhora Maramballe, bruscamente, virou a cabeça no mesmo instante para observar o velho empregado. Seus olhos então se encontraram e ambos disseram, neste único olhar: "Obrigado".

Tradução de Solange Lisboa

Guy de Maupassant

Um estilo que resiste ao tempo

Bettman/Corbis/Stock Photos

Maupassant retratou em suas obras o cotidiano medíocre e hipócrita da burguesia francesa do final do século XIX.

Henry René Albert Guy de Maupassant nasceu na França em 1850. De família abastada, concluiu os estudos em Rouen. Em 1870 fez serviço militar e tomou parte na guerra entre seu país e a Prússia, assistindo à derrota do exército francês.

A queda do Segundo Império na França arruinou sua família, e Maupassant, desiludido, tornou-se funcionário do Ministério da Marinha. Mas o ambiente burocrático logo o desagradaria. Mais tarde, os camponeses e soldados que conhecera na infância e na adolescência, os burgueses e funcionários com quem trabalhara no ministério e os alegres desportistas dos finais de semana iriam se tornar assuntos em seus contos.

Maupassant entrou no meio literário por intermédio de Gustave Flaubert, célebre escritor francês. Flaubert era um mestre rigoroso e eficiente que impedia a publicação de obras imaturas. Assim, apenas em 1880 Maupassant lançou sua primeira novela, "Bola de sebo".

A partir daí, escreveu muitos contos, romances, peças, livros de viagem e crônicas para jornais. O êxito de sua obra garantiu sua independência financeira e ele abandonou o cargo burocrático que exercia. Passou, então, a frequentar a aristocracia. Aos poucos, porém, sintomas de uma doença mental começaram a se manifestar e, após uma tentativa de suicídio, Maupassant foi internado num manicômio, onde permaneceu dezoito meses, até morrer em julho de 1893.

Maupassant é dono de uma obra bastante diversificada. Dela podemos destacar os livros de contos *A pensão Tellier* e *O Horla* e os romances *Uma vida* e *Bel-Ami*.

Anton Tchekhov

Corbis/Stock Photos

A mulher do farmacêutico

Anton Tchekhov

O lugarejo de B..., formado por duas ou três ruazinhas tortas, dorme seu sono pesado. No ar espesso o silêncio é total. Ouve-se apenas, ao longe, fora dos limites da cidade, o latido ardido e líquido de um cão que aos poucos enrouquece. É quase o amanhecer.

Há muito tempo que tudo está dormindo. A única que não dorme é a jovem mulher do boticário Tchornomordik[1], proprietário da farmácia de B... Já tentou deitar-se três vezes, mas, não sabe por quê, o sono teima em não querer chegar. Sentada, a janela aberta, veste apenas uma camisola e olha para a rua. Sente calor, tédio, desgosto. Tanto desgosto que lhe dá até vontade de chorar; de novo, não sabe por quê. Sente um nó no peito que de repente lhe chega à garganta... Poucos passos atrás dela, colado à parede, dorme Tchornomordik e ronca baixinho. Uma pulga esfomeada suga-o à raiz do nariz, mas ele não percebe e até sorri, pois está sonhando que todos na cidade estão com tosse e compram dele, interminavelmente, as gotas do rei da Dinamarca. Nenhuma picada poderia acordá-lo agora, nem um canhão, nem uma carícia.

Como a farmácia encontra-se quase no limite da cidade, a mulher do boticário consegue ver o campo, ao longe... Vê como o céu aos poucos faz-se branco, do lado do leste, e depois se torna púrpura, como que devido a um grande in-

1 Sobrenome que significa "focinho negro". (N.T.)

cêndio. Inesperadamente, de trás de um longínquo arbusto desponta o grande rosto da lua. Ela é vermelha (não sabe por que a lua saindo detrás dos arbustos sempre tem um quê de terrivelmente confuso).

De repente, no meio da calma noturna, ressoam passos e o retinir de esporas. Ouvem-se vozes.

Pouco depois surgem dois vultos e dois uniformes brancos de oficiais: um é grande e gordo, o outro menor e mais fino... Arrastam, preguiçosos, uma perna atrás da outra, ao longo da sebe, e conversam ruidosamente. Diante da farmácia diminuem ainda mais o passo e olham para as janelas.

— Sente-se cheiro de farmácia... — diz o magro. — E é uma farmácia! Ah, estou lembrando... Na semana passada vim aqui comprar óleo de rícino. O farmacêutico tem um rosto azedo e uma queixada de burro. Pois é, meu amigo, a queixada! Aquela mesma com que Sansão deu cabo dos filisteus.

— S-sim... — diz o gordo, com sua voz de baixo. — O farmacêutico dorme e dorme a mulher do farmacêutico. Por sinal, Obtiossov[2], ela não é de se atirar aos cães.

— Eu a vi. E gostei... Diga-me doutor, será que ela pode gostar de uma queixada dessas? O senhor acha isso possível?

— Não, provavelmente, não gosta — suspira o médico com uma expressão como que de pena pelo farmacêutico. — A mamãezinha está dormindo atrás das janelas. Que acha, Obtiossov? Deitou-se, de tanto calor... a boca entreaberta... a perna caída, fora da cama. E a besta do farmacêutico não está com nada... Para ele, provavelmente, uma mulher ou um vidro de fenol são a mesma coisa.

— Sabe de uma coisa, doutor? — diz o oficial, parando. — Que tal entrar na farmácia e comprar alguma coisa? Quem sabe a gente vê a farmacêutica?

— Imagine — de madrugada!

— E daí? De madrugada também tem de atender. Entremos, por favor...

---

2 Sobrenome formado a partir do verbo *otbiessat* = "desbastar, tornar esbelto". (N.T.)

A farmacêutica escondida atrás da cortina ouve o som rouco da campainha. Olha para o marido que, como dantes, ronca baixinho e sorri. Veste rapidamente a roupa, calça o sapato sem meia e corre para a loja.

Atrás da porta de vidro veem-se duas sombras... A farmacêutica aumenta a luz da lamparina e abre a porta depressa. Já não sente tédio, nem desgosto, nem vontade de chorar; apenas o coração bate, forte. Entram o doutor gorducho e o esbelto Obtiossov. Agora pode olhá-los à vontade. O doutor barrigudo é moreno, barbado e lerdo. Ao menor movimento seu uniforme estala e seu rosto cobre-se de gotas de suor. Ao contrário, o oficial é rosado, sem barba, feminino e flexível como um chicote inglês.

— O que desejam? — pergunta a farmacêutica, segurando com uma das mãos o decote do vestido.

— Bem... dê-nos quinze copeques de pastilhas de hortelã.

Sem se apressar, a mulher retira da prateleira a lata e começa a pesar. Os clientes olham para ela, de costas, sem pestanejar: o médico de olhos semicerrados, como um gato satisfeito, e o tenente, sério.

— É a primeira vez que vejo uma senhora trabalhar numa farmácia — diz o médico.

— Não há nada de estranho — responde a farmacêutica olhando de viés para o rosto rosado de Obtiossov. — Como meu marido não tem ajudantes, quem o ajuda sou eu.

— É assim? Pois a senhora tem uma linda farmácia! Um montão dessas... latas! E a senhora não tem medo de estar sempre às voltas com venenos? Brrr!

A farmacêutica embrulha as pastilhas e as entrega ao médico. Obtiossov dá-lhe uma moeda de quinze copeques. Meio minuto de silêncio... Os homens entreolham-se, dão um passo em direção à porta, olham-se de novo.

— Dê-me dez copeques de bicarbonato de sódio! — diz o médico.

De novo a farmacêutica move-se devagar e estende lentamente o braço para a prateleira.

— Será que aqui na farmácia não tem alguma coisa... — resmunga Obtiossov mexendo os dedos —, alguma coisa, assim, a senhora sabe, de alegórico, algum licor revigorante... gasosa, isso! A senhora tem gasosa?

— Tenho — responde a farmacêutica.

— Excelente! A senhora não é uma mulher, é uma feiticeira. Arranje-nos então umas três garrafas.

Ela embrulha o bicarbonato de sódio e desaparece na sombra atrás da porta.

— Uma fruta! — diz o médico, piscando. — Um ananás como esse, Obtiossov, você não encontra nem sequer na ilha da Madeira. Hein? O que você acha? Porém... está ouvindo o ronco? É o senhor farmacêutico que resolveu dormir em santa paz.

Um minuto mais tarde a farmacêutica está de volta com cinco garrafas que coloca no balcão. Acaba de subir do porão, por isso ela está corada e um pouco agitada.

— Sss... mais baixinho — diz Obtiossov quando ela deixa cair o abridor, após ter destampado as garrafas. — Não faça tanto barulho, senão acorda seu marido.

— E daí, o que é que tem se ele acordar?

— Ele dorme tão bem... está sonhando com a senhora... À sua saúde!

— Além do que — acrescenta o médico com sua voz de baixo, após um gole de gasosa —, quanto ao marido, é uma coisa tão cacete que seria bom ele dormir sempre. Eh, com essa água, até que um vinhozinho ia bem.

— O que mais o senhor quer inventar! — ri a farmacêutica.

— Seria magnífico. É uma pena que não se vendam bebidas alcoólicas em farmácia. Mas... a senhora deve vender vinho, como remédio. A senhora por acaso tem *vinum gallicum rubrum?*[3]

---

3 "Vinho gálico rubro". (N.T.)

— Tenho.

— Viva! Traga-o, traga-o, com os diabos!

— Quanto o senhor quer?

— *Quantum satis*[4]. Para começo de conversa, traga uma onça num copo de água, depois veremos... Não é assim, Obtiossov? Primeiro com a água, depois já *per se*...

O médico e Obtiossov sentam-se perto do balcão, tiram seus quepes e começam a beber o vinho tinto.

— É preciso convir, é horrível. *Vinum malissimum*. Embora em companhia de... he, he, he... ele pareça um néctar. Madame, a senhora é encantadora! Beijo-lhe a mão em pensamento.

— E o que eu daria para não fazê-lo em pensamento! — falou Obtiossov. — Palavra de honra! Daria a vida.

— Deixe disso... — falou a senhora Tchornomordik, corando e assumindo um ar de seriedade.

— E, no entanto, como a senhora é coquete — ri o doutor baixinho, olhando-a de baixo, maliciosamente. — Seus olhos disparam: pam! pam! Parabéns, a senhora ganhou! Fomos atingidos!

A farmacêutica olha para seus rostos corados, ouve suas palavras e logo ela também se anima. É tão divertido! Entra na conversa, ri, flerta e até, após tantos pedidos, consente em beber duas onças de vinho tinto.

— Ah, se vocês oficiais viessem mais vezes do acampamento para a cidade — diz ela. — Aqui é tão aborrecido. Morro de tanto tédio.

— Não faça isso! — exclama o doutor horrorizado. — Uma fruta dessas... um milagre da Natureza nesse lugar perdido. Bem que Griboiédov disse: "Para o deserto, para Sarátov!" Infelizmente, já está na hora. Tive imenso prazer em conhecê-la... Imenso. Quanto lhe devemos?

A farmacêutica levanta os olhos para o teto e move demoradamente os lábios.

4 "Quanto basta". (N.T.)

— Doze rublos e quarenta e oito copeques — diz, afinal. Obtiossov tira do bolso uma carteira recheada, fica um tempão remexendo entre as notas e acerta a conta.

— Seu marido dorme em paz... sonha... — resmunga ele, apertando o braço da farmacêutica, ao despedir-se.

— Não gosto de ficar ouvindo besteiras...

— Mas que besteiras... Já Shakespeare dizia: "Feliz daquele que foi jovem quando jovem".

— Solte meu braço!

Finalmente, depois de longas conversas, os clientes beijam a mão da farmacêutica e, incertos, como se temessem ter esquecido alguma coisa, saem da farmácia.

Ela corre logo para o quarto e senta-se à mesma janela. Vê que o doutor e o tenente, após terem saído da loja, andam uns vinte passos sem vontade, depois param e começam a bisbilhotar entre si. O coração dela bate. Sobre o que será? As têmporas também latejam, por quê, ela mesma não sabe... O coração bate forte, como se aqueles dois, bisbilhotando lá fora, fossem decidir seu destino.

Uns cinco minutos depois o médico se afasta de Obtiossov e prossegue, enquanto o outro retorna. Passa pela farmácia uma, duas vezes... Para perto da porta, começa a andar de novo... Afinal, toca com cuidado a campainha.

— O que há? Quem está aí? — a farmacêutica ouve de repente a voz do marido. — Estão tocando e você não escuta? Que droga!

Ele levanta, veste o robe e balançando, meio sonado, arrasta os chinelos e vai até a loja.

— O que... o senhor quer? — pergunta a Obtiossov.

— Dê-me... dê-me quinze copeques de pastilhas de hortelã.

Tchornomordik sopra, boceja, anda dormindo, bate com os joelhos no banco, sobe na prateleira e apanha a lata...

Dois minutos mais tarde a farmacêutica vê Obtiossov sair da loja e, depois de alguns passos, jogar na estrada poeirenta as pastilhas de hortelã. Da esquina o médico vem a seu encontro... Ambos se juntam e, gesticulando com as mãos, desaparecem na bruma da manhã.

— Como eu sou infeliz! — diz a farmacêutica, olhando com ódio o marido que se despe depressa, para deitar de novo.

— Oh, como eu sou infeliz! — repete ela, e de repente seus olhos se enchem de lágrimas. — E ninguém, ninguém desconfia...

— Esqueci quinze copeques no balcão — resmunga o marido desaparecendo sob o cobertor. Esconda-os na caixa, por favor...

E torna a adormecer em seguida.

Tradução de Aurora Fornoni Bernardini

O bilhete premiado

Anton Tchekhov

Ivan Dmítritch, homem remediado que vivia com a família na base de uns 1.200 rublos por ano, muito satisfeito com seu destino, certa noite, depois do jantar, sentou-se no sofá e começou a ler o jornal.

— Esqueci de dar uma olhada no jornal de hoje — disse sua mulher tirando a mesa. — Dê uma espiada para ver se saiu o resultado do sorteio.

— Saiu — respondeu Ivan Dmítritch —, mas você não penhorou seu bilhete?

— Não. Paguei os juros na terça.

— Qual é o número?

— A série é 9.499, bilhete 26.

— Então... Vejamos... 9.499 e 26.

Ivan Dmítritch não acreditava na sorte da loteria e em outra ocasião jamais se daria ao trabalho de verificar a lista. Agora, porém, que não tinha nada para fazer e o jornal estava bem debaixo de seu nariz, percorreu com o dedo de cima para baixo os números da série. E não é que logo de cara, como que para zombar de sua descrença, já no alto da segunda coluna apareceu, de repente, diante de seus olhos, o número 9.499! Sem conferir o número do bilhete nem verificar se tinha lido certo, deixou cair rapidamente o jornal no colo e como se alguém lhe tivesse derramado água na barriga, sentiu um friozinho agradável no fundo do estômago. Era uma sensação de coceira terrível e deliciosa ao mesmo tempo.

— Macha — disse com voz surda —, o 9.499 está aqui.

A mulher olhou para seu rosto surpreso, assustado, e compreendeu que o marido não estava brincando.

— 9.499? — perguntou ela, empalidecendo e deixando cair na mesa a toalha dobrada.

— Sim, sim... Está, de verdade!

— E o número do bilhete?

— É mesmo! Ainda falta o número do bilhete. Mas tenha paciência... espere. Então, que tal? De qualquer modo, o número de nossa série está, hein? De qualquer modo, entendeu?...

Ivan Dmítritch olhou para a mulher e sorriu num sorriso largo e apalermado como uma criança à qual tivessem mostrado alguma coisa brilhante. A mulher também sorria. Sentia o mesmo prazer que o marido por ele ter lido somente a série e não ter tido pressa em saber do número do feliz bilhete. É tão delicioso, tão angustiante consumir-se e espicaçar-se na esperança de uma felicidade possível!

— A nossa série está — disse Ivan Dmítritch depois de um longo silêncio. — Significa que existe uma possibilidade de termos ganho. Apenas uma possibilidade, mas, apesar de tudo, ela existe!

— Está bem, mas agora, olhe.

— Espere. Ainda teremos tempo à vontade para nos desiludir. Se está na segunda coluna de cima, quer dizer que o prêmio é de 75 mil. Isso não é dinheiro, é uma força, um capital! E se de repente eu olhar para a lista e lá estiver o número 26? Hein? Escute, e se tivermos ganho de verdade?

Os cônjuges começaram a dar risada e a olhar demoradamente um para o outro, sem falar nada. A possibilidade da ventura deixara-os obnubilados, e eles não conseguiam sequer sonhar, dizer para que precisavam daqueles 75 mil, o que comprariam, para onde iriam. Imaginavam apenas os números 9.499 e 75 mil, desenhavam-nos em sua imaginação, mas a ideia da felicidade, que estava tão próxima, parecia não lhes passar pela cabeça.

Ivan Dmítritch andou algumas vezes de um lado para outro com o jornal nas mãos e só quando a primeira impressão se acalmou é que, aos poucos, começou a sonhar.

— E se tivermos ganho? — disse. — Seria uma vida nova, uma catástrofe! O bilhete é seu, claro, mas se fosse meu, antes de mais nada, naturalmente eu compraria algum imóvel, algo como uma propriedade, no valor de, digamos, 25 mil; deixaria uns 10 mil para despesas extras: mobília nova... uma viagem... pagamento de dívidas e assim por diante. Os 40 mil restantes colocaria no banco, para render juros...

— Realmente, uma propriedade seria ótimo — disse a mulher sentando-se e deixando cair os braços no colo. — Nalgum canto, na região de Tula ou de Orlóv... Em primeiro lugar, não seria preciso alugar nenhuma casa de campo e, em segundo, não deixa de ser uma renda.

E na imaginação dele começaram a se aglomerar imagens, uma mais poética e aprazível que a outra. E em cada uma delas ele se via satisfeito, tranquilo, saudável e chegou a sentir um calorzinho agradável, um calorzão, mesmo! Lá está ele, depois de ter comido uma sopa de legumes fria como o gelo, de barriga para cima na areia quente, na beira do rio ou no jardim mesmo, embaixo de uma tília... Faz calor... O filho e a filha rastejam perto dele, rolam na areia ou caçam algum bichinho na relva. Cochila docemente sem pensar em nada e sente com todo o corpo o que significa não ter de ir ao serviço nem hoje, nem amanhã, nem depois. E, quando cansar de ficar deitado, pode ir ver cortar o feno, ou ao bosque, colher cogumelos, ou então ficar observando como os camponeses pescam os peixes com o arrastão. Ao pôr do sol, pega um pano, um sabonete e esgueira-se na casa de banho, onde se despe devagarzinho, passa um tempão alisando o peito nu com as palmas das mãos e finalmente cai n'água. Na água, os peixinhos se agitam em volta das bolhas turvas de sabão e as plantas aquáticas balançam na corrente. Depois do banho, um chá com creme e rosquinhas doces... À noite, um passeio ou uma partida de uíste com os vizinhos.

— Sim, seria bom comprar uma propriedade — diz a mulher, também sonhando. Lê-se em seu rosto que está encantada com os próprios pensamentos.

Ivan Dmítritch imagina o outono chuvoso, as noites frias, o veranico. Nessa época é preciso andar um tempão pelo jardim, pela horta, pela margem do rio até sentir bem o frio e depois beber um copo cheinho de vodca junto com cogumelos salgados ou um pepino em salmoura e pronto — tomar outro trago. As crianças vêm correndo da horta, trazendo cenoura e nabo. Sente-se o cheiro fresco da terra... Depois, estirar-se no sofá e folhear uma revista qualquer, sem pressa, até que o sono chegue. Cobrir o rosto com a revista, desabotoar o colete e entregar-se...

Após o veranico o tempo é fechado, ruim. Chove dia e noite. As árvores despidas choram, o vento é úmido e frio. Os cachorros, os cavalos, as galinhas — não há quem não esteja molhado, melancólico, encolhido. Não se tem por onde passear; sair de casa, nem falar! Passa-se o dia inteiro andando de um canto para outro e olhando tristemente pelas janelas embaçadas. Que coisa enfadonha!

Ivan Dmítritch parou e olhou para a mulher.

— Sabe de uma coisa, Macha, eu iria é para o estrangeiro.

E ficou pensando como seria bom viajar para o estrangeiro, cruzar o oceano profundo e ir para algum lugar no sul da França, para a Itália... Para a Índia!

— Eu também iria para o estrangeiro correndo — disse a mulher. — Mas olhe o número do bilhete!

— Espere! Daqui a pouco...

Andou pelo quarto e continuou a pensar. E se a mulher fosse realmente para o estrangeiro? Viajar é bom sozinho, ou em companhia de mulheres despreocupadas, sem compromisso, que vivem o momento presente, e não com aquelas que ficam o tempo todo pensando e falando em crianças, suspirando, tremendo com medo de gastar um copeque que seja. Ivan Dmítritch imaginou sua mulher no vagão, cheia de embrulhos, cestas, pacotes: suspira e queixa-se que a viagem lhe deu dor de cabeça, que gastou muito dinheiro. É preciso correr na estação atrás de água quente, sanduíches, água potável. Almoçar ela não pode, custa caro...

"Tenho certeza de que ela iria controlar cada copeque", pensou ele, olhando para a mulher. "O bilhete é dela, não é meu! E pra que ela precisa ir para o estrangeiro! O que é que lhe falta ver lá de importante? Já sei. Ficará fechada o tempo todo no hotel e não me deixará desgrudar dela um só momento."

E pela primeira vez em sua vida reparou que a mulher tinha envelhecido, ficara feia e cheirava a cozinha, enquanto ele ainda era moço, saudável, viçoso, bom para se casar uma segunda vez.

"Claro, tudo isso é bobagem, é besteira", pensou. "Mas... para que iria ela ao estrangeiro? O que ela aproveitaria lá? Mas iria mesmo... Imagino. Para ela, Nápoles ou Klin[1] iriam ser a mesma coisa. Ficaria me atormentando e eu dependeria dela. Tenho certeza de que na hora em que recebesse o dinheiro, iria trancá-lo a sete chaves, como faz o mulherio... Iria escondê-lo de mim... Aos parentes dela tudo, mas para mim, contaria cada copeque."

Ivan Dmítritch ficou pensando na parentela. Logo que todos esses irmãozinhos, irmãzinhas, titias, titios soubessem do ganho, viriam se arrastando, bancando os mendigos, sorrindo untuosamente, bajulando. Eta gentinha sórdida! Se lhe oferecem a mão, pegam o braço. Se não lhe oferecem, amaldiçoam, rogam pragas, desejam todo tipo de desgraça.

Ivan Dmítritch lembrou-se de seus parentes e seus rostos, que ele sempre olhara com indiferença; pareciam-lhe agora odiosos, repulsivos.

"São uns canalhas", ele pensou.

E o rosto da mulher começou também a parecer-lhe odioso, repulsivo. Em seu íntimo começou a ferver um ressentimento contra ela e ele pensou com alegria perversa: "Não

---

1 Klin, pequena cidade próxima de Moscou. (N.T.)

entende nada de dinheiro, por isso é avarenta. Se ganhasse, mal me daria cem rublos, e o resto iria direto para o cofre".

Já olhava agora para a mulher com ódio e não mais com um sorriso. Ela também olhava para ele com maldade e com ódio. Ela tinha seus próprios sonhos dourados, seus planos, suas ideias e sabia perfeitamente no que estava pensando o marido. Sabia que seria o primeiro a avançar no que ela teria ganho.

"É bom sonhar por conta dos outros!", dizia o olhar dela. "Não, você não conseguirá!"

O marido compreendeu seu olhar: o ódio ferveu-lhe no peito e para decepcionar sua mulher e fazer-lhe mal olhou rápido na quarta página do jornal e anunciou solene:

— Série 9.499, bilhete 46! Não 26!

A esperança e o ódio desapareceram ambos de repente e, no mesmo instante, Ivan Dmítritch e sua mulher acharam os aposentos escuros, pequenos e abafados, e o jantar que tinham acabado de comer pesado e insosso, e as noites longas e enfadonhas...

— Só o diabo sabe — disse Ivan Dmítritch, começando a implicar. — Por todo lado que eu pise, só há papéis, migalhas, casquinhas, sei lá. Será que nunca varreram esses quartos! Terei de ir embora de casa, o diabo que me carregue. Vou sair e me enforcar na primeira árvore.

Tradução de Aurora Fornoni Bernardini

Anton Tchekhov

Retratos da alma humana

Corbis/Stock Photos

Tchekhov: entre suas obras-primas, peças de teatro e principalmente contos.

Em 1860, em Taganrog, pequena cidade portuária da Rússia, nasceu Anton Pavlovitch Tchekhov. Seu pai era um camponês de mentalidade tirânica e brutal, que batia nos filhos e os explorava.

Tchekhov fez seus primeiros estudos em sua cidade natal, revelando-se um aluno medíocre. Quando saiu da escola, encontrou seu lar desfeito: o pai, fugindo de dívidas, tinha se refugiado em outro lugar.

Tchekhov matriculou-se na Faculdade de Medicina de Moscou e se formou depois de anos difíceis de estudos e privações. Para sobreviver, escrevia pequenos contos humorísticos para jornais e revistas.

Em 1886 publicou sua primeira coletânea de contos e começou a colaborar com o *Novoie Vremia*, o maior jornal russo da época. A partir daí, Tchekhov passou a dedicar mais empenho à literatura, cuidando dos textos, além de restringir suas atividades como médico. A qualidade das suas obras melhorou e a reputação do escritor cresceu. Paralelamente, começou a escrever peças para teatro, entre as quais se destacam *Tio Vânia* e *As três irmãs*.

Em 1901, Tchekhov casou-se com a atriz Olga Knipper. Já avançava a tuberculose que iria matá-lo algum tempo depois. Ele morreu em 15 de julho de 1904, num sanatório de Badenweiler, Alemanha.

Apesar de incluir importantes peças teatrais, a obra de Tchekhov destaca-se fundamentalmente pelos contos, gênero que o autor cultivou e renovou no decorrer de sua carreira e do qual se tornou verdadeiro mestre. Neles se revelam a tristeza e o desespero dos últimos anos de vida desse escritor que é considerado um dos grandes nomes da literatura universal.

Edgar Allan Poe

Hulton Deustch Collection/Corbis/Stock Photos

O retrato oval

Edgar Allan Poe

O castelo que meu criado resolvera arrombar a fim de evitar que eu, gravemente ferido como estava, passasse a noite ao relento, era uma dessas construções portentosas, a um só tempo lúgubres e grandiosas, que há séculos assombram a paisagem dos Apeninos e também povoam a imaginação da senhora Radcliffe[1]. Ao que tudo indicava, o edifício fora abandonado há pouco e de modo temporário. Acomodamo-nos num dos aposentos menores, mobiliado com menos suntuosidade que os demais e localizado num torreão afastado do castelo. A decoração era rica, embora desgastada e antiga. As paredes, cobertas por tapeçarias, também eram adornadas não só por inúmeros troféus de armas dos mais variados formatos, bem como por uma quantidade excessiva de pinturas modernas muito vivazes, emolduradas por ricos arabescos dourados. Talvez o delírio que me acometera tivesse sido a verdadeira causa de meu profundo interesse por essas pinturas, por esses quadros que pendiam não apenas diretamente da superfície das paredes, como também se revelavam nos incontáveis nichos ali presentes, criados conforme o estranho estilo arquitetônico do castelo. Assim sendo, como já anoitecera, ordenei que Pedro fechas-

1 Anne Ward Radcliffe: romancista inglesa (Londres, 1764-1823). Publicou romances "góticos" cheios de horrores e mistérios (*The mysteries of Udolpho*) que obtiveram grande sucesso. (N.T.)

se as pesadas venezianas do quarto, acendesse as velas do grande candelabro junto à cabeceira de minha cama e abrisse completamente o cortinado de veludo negro arrematado por franjas, que circundava todo o leito. Desejei que tudo isso fosse executado o mais brevemente possível para que, se acaso não conseguisse me entregar ao sono, ao menos pudesse me dedicar à contemplação das pinturas, acompanhando-a da leitura de um pequeno livro, encontrado ao acaso em cima de meu travesseiro, que continha descrições e apreciação crítica das obras.

Passei um longo espaço de tempo lendo, relendo e contemplando as obras com muita admiração. No decorrer desses momentos gloriosos as horas se passaram num instante até soarem as badaladas profundas da meia-noite. Como o candelabro não estivesse mais numa posição que me favorecesse a leitura e, por não querer perturbar o descanso de meu criado já adormecido, preferi eu mesmo, embora com alguma dificuldade, estender o braço e ajeitar a luz de modo a iluminar melhor as páginas do livro.

Porém, esse simples gesto meu produziu um resultado totalmente inesperado. Vindos das inúmeras velas (havia muitas no candelabro), os raios de luz foram bater justamente num dos nichos do quarto que até o momento estivera completamente envolto na sombra projetada por uma das colunas de minha cama. Só assim pude ver à plena luz um quadro que me passara despercebido até então. Era o retrato de uma moça na flor da juventude, prestes a entrar na plenitude de sua feminilidade. Olhei o quadro num relance, fechando os olhos logo em seguida. De imediato, nem eu mesmo pude perceber por que motivo agira assim. Entretanto, ainda com as pálpebras cerradas, pus-me a pensar sobre a causa desse meu ato. Na verdade, fora apenas um movimento impulsivo que me permitira ganhar tempo para refletir — para me certificar de que meus olhos afinal não me haviam enganado —, para me recobrar e dominar a fantasia a fim de poder então lançar-lhe novo olhar, com mais calma e segurança. Pouco depois fixei outra vez o olhar na pintura, demoradamente.

Dessa vez não havia a menor dúvida de que não estivesse enxergando direito, pois aquele primeiro momento em que a luz das velas incidira sobre a tela servira para dissipar de uma vez o vago estupor que começara a entorpecer-me os sentidos, despertando-me completamente para a realidade a meu redor.

Como já disse, tratava-se do retrato de uma jovem. Utilizando a técnica a que se costuma denominar *vignette*, o quadro reproduzia-lhe apenas a cabeça e os ombros e assemelhava-se muito ao estilo das melhores cabeças pintadas por Sully[2]. Os braços, o colo e até mesmo as pontas dos cabelos esplêndidos misturavam-se imperceptivelmente à sombra indeterminada e profunda que formava o plano de fundo. A moldura era oval e dourada, enfeitada por ricas filigranas à moda mourisca. Como obra de arte nada poderia se igualar à pintura em si. Contudo, a emoção tão avassaladora e repentina que se apoderara de mim não poderia ter sido ocasionada pela maestria do pintor ou pela imortal beleza daquela fisionomia. E tampouco poderia ter sido fruto da minha imaginação abalada que, desperta de sua semissonolência, tivesse-me feito confundir a imagem ali representada com a cabeça de uma mulher de carne e osso. Logo constatei que as peculiaridades do desenho, a técnica do vinhetista e da moldura deviam ter bastado para eliminar tal ideia imediatamente, impedindo que eu a tivesse nutrido ainda que por um breve momento.

Passei talvez uma hora inteira a refletir sobre essas questões, meio debruçado para a frente, com os olhos cravados no retrato. Por fim, satisfeito com o verdadeiro segredo do seu efeito, recostei-me à cama outra vez. Descobri que a mágica da pintura residia na absoluta verossimilhança daquela expres-

---

2 Thomas Sully: pintor norte-americano de origem inglesa (1783-1872), em cuja obra se destacam, sobretudo, os retratos. (N.T.)

são que inicialmente me sobressaltara, para enfim me confundir, dominar e aterrorizar.

Foi com profundo temor e reverência que recoloquei o candelabro na posição anterior. Uma vez que o motivo da minha profunda inquietação estava assim fora do meu campo visual, passei a examinar avidamente o livro que tratava dessas pinturas e de seu histórico. Depois de folheá-lo rapidamente até encontrar o número referente ao retrato oval, procedi à leitura do texto curioso e fantástico que transcrevo a seguir:

"Era uma jovem de rara beleza, cheia de encantos e alegria. Infeliz a hora em que encontrou o pintor, apaixonou-se e com ele se casou. Ele, um homem passional, estudioso e austero, já tendo a Arte por sua amada. Ela, uma jovem de rara beleza, cheia de encantos e alegria, plena de luz e sorrisos, travessa como uma gazela nova, afetuosa e cheia de amor à vida; odiando somente a paleta, os pincéis e demais instrumentos aborrecidos que a privavam da companhia do amado. Foi, portanto, com profundo pesar que essa jovem ouviu o pintor expressar o desejo de retratá-la a ela, sua bela esposa. Porém, por ser dócil e meiga, posou para ele por várias semanas, imóvel em meio à penumbra daquele aposento do alto da torre, iluminado apenas por um único foco de claridade que descia do teto e incidia diretamente sobre a tela, deixando todo o resto na escuridão. Já o pintor rejubilava-se com o trabalho, prosseguindo hora após hora, por dias a fio. Era um homem obcecado, irreverente e temperamental, sempre a perder-se em devaneios; tanto assim que *recusava-se* a perceber que a luz nefasta daquela torre deserta consumia a saúde e o ânimo de sua esposa a qual definhava aos olhos de todos, exceto aos seus. E no entanto ela sempre sorria e continuava a sorrir sem se queixar porque notava que o pintor (artista de grande renome) desfrutava um prazer ardente e avassalador ao executar a obra sem jamais esmorecer, trabalhando dia e noite para retratar aquela que tanto o amava, mas que se tornava cada vez mais fraca e melancólica. Na verdade, aqueles que puderam ver o retrato comentaram em voz baixa a total fidelidade entre modelo e obra, atribuindo-a a um prodígio excepcional, prova cabal não só da perícia do pintor como do amor profundo que dedicava àquela a quem retratava com tanta perfeição. Porém, com o tempo, à medida que se aproximava a conclusão do trabalho, ninguém mais obteve permissão para entrar na torre, pois o pintor entregara-se à loucura de sua obra e raramente desviava os olhos da tela, nem mesmo para olhar o rosto de sua mulher. E *recusava-se* a perceber que as cores que ia espalhando por sobre a tela eram arrancadas das faces daquela que posava a seu lado. Passados alguns meses, quando quase nada mais restava a ser feito a não ser uma pincelada sobre a boca e um retoque de cor sobre os olhos, o espírito da jovem reacendeu-se ainda uma vez, tal qual chama de uma vela a crepitar por um instante. E então executou-se o retoque necessário e deu-se a pincelada final e, por um momento, o pintor caiu em transe, extasiado com a obra que criara. Porém, no momento seguinte, ainda a contemplar o retrato, estremeceu, ficou lívido e, tomado de espanto, exclamou com um grito: 'Mas isto é a própria *Vida!*' E quando afinal virou-se para olhar a própria amada... estava morta!"

Tradução de Márcia Pedreira

O coração delator

Edgar Allan Poe

É verdade! Sou nervoso... muito nervoso... terrivelmente nervoso — sempre fui e serei. Mas por que vocês *insistem* em dizer que sou louco? A doença aguçara-me os sentidos — não os destruíra e tampouco os anestesiara. Acima de tudo minha audição tornara-se agudíssima. Ouvia todas as coisas, tanto as do céu como as da terra. Também ouvia muitas coisas do inferno. Como então podem dizer que sou louco? Escutem-me! E observem com quanta lucidez e serenidade lhes conto toda a história.

É impossível determinar como foi que a ideia primeiro me surgiu na mente, mas uma vez concebida perseguia-me noite e dia. Não havia objetivo nenhum. Nem paixão. Eu até gostava do velho. Nunca me fizera mal algum. Jamais me maltratara. E eu também não lhe cobiçava o ouro. Creio que foi por causa de seu olhar! Sim, foi por isso! Um de seus olhos assemelhava-se ao de um abutre — um olho de um azul pálido, encoberto por uma película. Sempre que o velho o pousava em mim, meu sangue se enregelava e, pouco a pouco, muito gradualmente, acabei decidindo tirar-lhe a vida e dessa forma livrar-me de seu olhar de uma vez por todas.

Agora a questão é a seguinte: vocês pensam que sou louco. Ora, os loucos nada sabem. Vocês deviam ter-me visto *a mim*. Deveriam ter visto com quanta sabedoria procedi — com que cautela e antevisão — com que dissimulação pus-me ao trabalho! Nunca fora tão bondoso para com o velho como naquela semana que se passou antes de matá-lo. E todos os dias, perto da meia-noite, girava o trinco da porta de seu quarto, abrindo-a... Ah, tão delicadamente! E então quando já a afastara por uns dois palmos, ia aos poucos enfiando no quarto uma lanterna escura, totalmente fechada, fechada de modo a não deixar escapar a mínima luz e só depois é que introduzia minha cabeça. Ah, vocês teriam rido muito se tivessem visto a astúcia com que eu realizava esse gesto. Movia minha cabeça com muito vagar... muito lentamente a fim de não perturbar o sono do velho. Levava uma hora inteira até fazer minha cabeça atravessar completamente a abertura e colocar-me a uma distância suficiente para poder vê-lo deitado no leito. Ah! Com que então um louco teria sido capaz de agir assim com tanto juízo?... E, depois, quando minha cabeça já estava completamente dentro do quarto, girava o obstruidor da lanterna com o máximo cuidado... ah, com tanto cuidado!... com muitíssimo cuidado (pois a dobradiça poderia ranger)... girava-o o mínimo possível de forma que somente um único e finíssimo raio de luz fosse pousar sobre o olho vulturino. E fiz isso durante sete longas noites — todas as vezes exatamente à meia-noite —, mas descobria que o olho estava sempre fechado, de sorte que era impossível realizar minha tarefa, já que não era o velho que me exasperava, e sim o seu Olho Maligno. E todas as manhãs, ao raiar do dia, entrava no aposento corajosamente e falava-lhe sem nada temer, chamando-o pelo nome com voz animada e perguntando-lhe como passara a noite. Portanto, como vocês mesmos bem podem ver, ele teria que ser um homem muitíssimo sagaz para suspeitar que todas as noites, exatamente à meia-noite, eu ia vigiá-lo enquanto dormia.

Na oitava noite fui ainda mais cauteloso ao abrir a porta. Minhas mãos moviam-se com mais lentidão do que os ponteiros dos minutos de um relógio. Antes dessa noite jamais *sentira* a extensão de meus poderes, da minha astúcia. Mal podia conter a sensação de triunfo. Pensar que lá estava eu a abrir a porta pouco a pouco sem que ele sequer sonhasse com os meus atos e com meus pensamentos secretos. Cheguei mesmo a rir-me de tal ideia... e talvez ele tivesse me ouvido pois mexeu-se na cama repentinamente como se despertasse assustado. Vocês devem estar pensando então que eu recuei... Ah não! O aposento estava negro como breu com toda aquela escuridão (as pesadas janelas estavam bem trancadas devido ao medo de ladrões) e, sabendo muito bem que ele não poderia ver a porta a se abrir, continuei a empurrá-la milimetricamente, mais e mais.

Já havia introduzido minha cabeça na abertura e estava prestes a abrir o obstruidor da lanterna, quando meu polegar escorregou no fecho de lata, fazendo com que o velho se erguesse na cama sobressaltado, gritando: "Quem está aí?"

Fiquei imóvel e nada disse. Não movi sequer um músculo por uma hora inteira e durante todo esse tempo não o ouvi deitar-se novamente. Ainda devia estar sentado na cama procurando ouvir qualquer coisa... tal como fizera eu, noite após noite, ouvindo a morte a rondar ali por perto.

Pouco depois escutei um leve gemido e sabia que era produto de um pânico mortal. Não se tratava de um gemido de dor ou sofrimento... Ah não!... Era o som grave e contido que brota do fundo da alma quando esta está saturada de terror. Eu conhecia muito bem esse som. Muitas foram as noites nas quais justamente à meia-noite, hora em que o mundo inteiro dorme, esse mesmo som emergia de meu próprio peito e com seus ecos horripilantes aguçava ainda mais os terrores que me aturdiam. Como disse, conhecia-o muito bem. Sabia como o velho devia estar se sentindo e tinha pena dele, embora no fundo me risse. Bem sabia que ele estivera acordado na cama desde o momento do primeiro ruído leve que o despertara. Daí em diante os temores se agigantavam dentro dele. Havia tentado se convencer de que eram improcedentes, mas era impossível. Havia repetido a si mesmo: "Não é nada... apenas o barulho do vento na lareira...", ou "É apenas um rato a correr pelo quarto...", ou ainda "Deve ter sido um grilo que cricrilou uma única vez...". Sim, com certeza tentara se consolar com tais suposições, mas tudo fora em vão. *Tudo em vão* porque, para aproximar-se dele, a Morte viera sub-repticiamente, oculta por detrás de seu manto negro com o qual capturava a vítima. E foi a influência funesta desse manto invisível que o fez sentir — embora não pudesse ver ou ouvir —, que o fez *sentir* a presença de minha cabeça no interior do quarto.

Depois de ter esperado por muito tempo com infinita paciência sem tê-lo ouvido deitar-se, decidi abrir uma pequenina fresta — uma fresta mínima — no obstruidor da lanterna. E assim o fiz. Vocês não podem nem imaginar com que lentidão fui girando-o até que, por fim, um único raio de luz, fino como o fio de uma teia de aranha, projetou-se da pequena fresta e foi atingi-lo diretamente no olho vulturino.

Estava aberto — bem aberto e arregalado — e ao avistá-lo fui tomado de fúria. Via-o com perfeita nitidez: todo de um azul aguado, coberto por aquela película horrenda que me paralisava até a medula dos ossos. No entanto, era só o que eu podia ver da face e do corpo do velho, pois, como que guiado pelo instinto, mirara o raio de luz exatamente sobre aquele ponto maldito.

Com que então já não lhes disse que aquilo que vocês julgam ser loucura na verdade não passa de uma hiperagudeza dos sentidos? Pois digo-lhes que nesse momento chegou aos meus ouvidos um ruído abafado, monocórdico e rápido, como o tique-taque de um relógio enrolado num tecido. Também conhecia muito bem *esse* som: eram as batidas do coração do velho. Assim como o rufar dos tambores de guerra incita o soldado à luta, o barulho enfurecia-me cada vez mais.

Entretanto, mesmo nessa hora ainda me contive, permanecendo imóvel. Mal respirava. Segurava a lanterna inerte. Concentrei-me para manter o raio de luz sobre o olho com o máximo de firmeza possível. Enquanto isso, crescia o toque diabólico daquele coração. Tornava-se cada vez mais rápido e aumentava de volume a cada instante. O terror que o velho sentia *deveria* ser extremo! Batia mais e mais, asseguro-lhes eu, cada vez mais alto!... Estão compreendendo bem o que lhes digo? Já lhes disse que sou nervoso: pois é assim que sou. E então, na calada da noite, em meio ao terrível silêncio daquela velha casa, um ruído tão estranho quanto aquele provocava em mim um pavor incontrolável. Contudo, contive-me por mais alguns segundos e permaneci imóvel. Mas as batidas se tornavam mais altas e mais altas ainda! Pensei que o coração fosse estourar. E então outra angústia tomou conta de mim: o ruído poderia ser ouvido pelos vizinhos! Chegara a hora do velho! Com um grito incontido, escancarei a lanterna de vez e saltei para dentro do quarto. Ele gritou uma vez só... uma única vez! Em um instante arrastei-o para o chão e empurrei a cama pesada por cima dele. E sorri satisfeito ao ver o ato consumado. Porém, por vários minutos o coração continuou a bater com um som abafado. Mas isso não me perturbava: não poderia ser ouvido através da parede. Por fim cessou. O velho estava morto. Removi a cama e examinei o cadáver. Sim, estava morto, completamente morto. Coloquei minha mão sobre o coração e deixei-a ali por alguns minutos. Não havia pulsação. Estava completamente morto. Seu olho não me incomodaria nunca mais.

Se vocês ainda me acham louco, mudarão de opinião quando eu lhes descrever as precauções cautelosas que tomei para esconder o corpo. A noite findava e pus-me a trabalhar apressadamente, mas sempre em silêncio. Em primeiro lugar desmembrei o corpo: decepei-lhe a cabeça, os braços e as pernas. Em seguida arranquei três tábuas do assoalho e depositei tudo nas fendas. Depois, recoloquei as tábuas com tanta habilidade, com tanta astúcia, que nenhum olho humano — nem mesmo o dele — poderia detectar nada de errado. Não havia nada para ser lavado... nenhuma mancha de qualquer tipo... nem sequer um único pingo de sangue. Havia sido extremamente cuidadoso para deixar que isso acontecesse: a banheira recolhera tudo... Ah, ah, ah!

Quando cheguei ao fim dessas tarefas eram quatro horas, mas ainda estava escuro como se fosse meia-noite. Quando o sino deu as horas ouvi batidas à porta que dava para a rua. Desci para abri-la despreocupado... O que havia para temer *agora?* Entraram três homens e, com a maior cortesia, identificaram-se como policiais. Um grito fora ouvido por um vizinho no meio da noite; levantara-se a suspeita de crime; a delegacia de polícia fora notificada e eles receberam a incumbência de dar busca no edifício.

Sorri... *O que* havia a temer? Dei as boas-vindas aos cavalheiros. O grito, disse-lhes, eu mesmo o dera durante um sonho. O velho, informei, estava fora, no interior. Levei os meus visitantes a todas as partes da casa. Sugeri que investigassem tudo e que investigassem *muito bem.* Por fim, conduzi-os ao quarto *dele.* Mostrei-lhes os seus tesouros, totalmente seguros e intocados. Movido pelo entusiasmo de minha autoconfiança, levei cadeiras para o quarto e sugeri que descansassem *ali,* enquanto eu, na louca audácia de meu triunfo absoluto, colocava a minha cadeira justamente sobre o local onde repousava o cadáver da vítima.

Os policiais ficaram satisfeitos. O modo como me portara convencera-os. Eu estava extremamente à vontade. Sentaram-se e enquanto eu ia-lhes respondendo animadamente, conversaram sobre assuntos corriqueiros. Porém, logo senti que começava a empalidecer e desejei que se fossem embora. A cabeça me doía e imaginei estar ouvindo um zumbido nos ouvidos. Mas eles permaneciam sentados e continuavam a conversar. O zumbido ficou mais claro: prosseguia e tornava-se mais límpido. Pus-me a falar com mais eloquência a fim de me livrar daquela sensação, mas o ruído prosseguia e adquiria mais nitidez... até que, finalmente, descobri que o som *não* vinha de meus ouvidos.

Sem dúvida, nesse momento fiquei lívido... mas falava mais fluentemente e em voz mais alta. Porém, o barulho também aumentava... e o que é que eu podia fazer? Era um ruído abafado, monocórdico e rápido, como o tique-taque de um relógio enrolado num tecido... Faltava-me o fôlego e no entanto os policiais nada ouviam. Comecei a falar mais depressa e com mais veemência... mas o som não parava de aumentar. Pus-me de pé e comecei a discutir sobre ninharias, num tom de voz muito alterado, gesticulando violentamente.., mas o ruído não parava de aumentar. *Por que é que* eles não se iam embora? Andava de um lado para outro do quarto, com passadas largas e pesadas, como se o fato de ser assim observado por eles me levasse à loucura... E o ruído não parava de aumentar... Ah, meu Deus! O que é que eu *podia* fazer? Esbravejei, vociferei e praguejei! Tomei da cadeira em que estivera sentado e pus-me a raspá-la contra as tábuas do assoalho, mas o ruído excedia a tudo e se avolumava ininterruptamente. Tornou-se mais alto... mais alto... MAIS ALTO! E ainda assim os homens conversavam placidamente e sorriam. Seria possível que não estivessem ouvindo?! Santo Deus!... Não e não! Estavam ouvindo sim!... Suspeitavam de mim!... Sabiam de tudo!... Estavam zombando do pavor que eu sentia!... Foi isso o que pensei então e é assim que ainda penso. Mas qualquer coisa seria preferível àquela agonia! Qualquer coisa seria mais suportável do que aquele escárnio! Eu não podia mais tolerar aqueles sorrisos hipócritas por um segundo sequer! Senti que tinha de gritar ou então morreria!... E então... outra vez..., ouçam... mais alto... mais alto... mais alto... MAIS ALTO!...

— Canalhas! — gritei. — Parem de fingir! Admito o crime! Arranquem logo as tábuas!... Está aqui... aqui!... Aqui está o bater desse coração hediondo!

Tradução de Márcia Pedreira

Edgar Allan Poe

Um escritor que deixou seguidores

Hulton Deustch Collection/Corbis/Stock Photos

Os contos de Poe se tornaram clássicos e influenciaram inúmeros escritores.

Edgar Allan Poe nasceu em Boston, em 1809, filho de um modesto casal de atores. Órfão aos 2 anos, foi adotado por um rico negociante escocês e recebeu educação requintada, frequentando os melhores colégios do seu tempo. Entretanto, se desde cedo demonstrou inteligência e talento poético excepcionais, por outro lado revelou caráter altivo e indisciplinado, que resultou em muitos desentendimentos com o pai adotivo. Abandonando a Universidade da Virgínia, Poe retornou a Boston, onde publicou dois livros de poesia, em 1827 e 1829. Entrou para a famosa Academia Militar de West Point, mas provocou sua expulsão por indisciplina.

A vida de Poe tornou-se cada vez mais errante e difícil. Dedicou-se à literatura, colaborou em diversos jornais e revistas, ficou famoso, mas não conseguiu levar uma vida decente junto à prima e esposa Virginia Clemm, cuja morte, em 1847, o abala profundamente. Ele morre em 1849, depois de ser recolhido inconsciente em uma das ruas de Baltimore.

Edgar Allan Poe muito influenciou a moderna literatura universal. Sua obra caracteriza-se por elementos mórbidos e fantásticos, e é basicamente composta por contos. Também na crítica Poe deixou marcas de seu gênio. No ensaio "A filosofia da composição" expõe suas ideias sobre literatura e analisa um poema de sua própria autoria, "O corvo" — um texto antológico, traduzido para o francês por escritores geniais como Baudelaire e Mallarmé e para o português por autores da categoria de Machado de Assis e Fernando Pessoa.

Voltaire

Archivo Iconografico/Corbis/Stock Photos

O carregador caolho

Voltaire

Nossos dois olhos não tornam nosso destino melhor; um deles serve-nos para ver os bens, o outro os males da vida. Muitos têm o mau hábito de fechar o primeiro, mas poucos fecham o segundo; daí haver tanta gente que preferiria ser cega a ver tudo o que vê. Felizes os caolhos privados apenas do olho ruim que estraga tudo o que vemos! Mesrour é um exemplo disso.

Seria preciso ser cego para não ver que Mesrour era caolho. Era caolho de nascença, mas vivia tão feliz em sua condição que nunca cogitara desejar outro olho. A generosidade da riqueza não o consolava do erro da Natureza, pois não passava de um simples carregador, e seu único tesouro eram seus ombros; era, porém, feliz e mostrava que um olho a mais e sofrimentos a menos contribuem muito pouco para a felicidade. O dinheiro que ganhava e o seu apetite eram sempre proporcionais ao exercício que fazia; trabalhava de manhã, comia e bebia à tarde, dormia à noite, e considerava cada um de seus dias como uma vida à parte, de forma que a preocupação com o futuro nunca o impedia de usufruir o presente. Era (como vocês podem ver) ao mesmo tempo caolho, carregador e filósofo.

Por acaso, Mesrour viu passar numa carruagem resplandecente uma princesa importante, que tinha um olho a mais do que ele, o que não o impediu de achá-la muito bela e, como os caolhos só são diferentes dos outros homens por terem um olho a menos, apaixonou-se perdidamente por ela. Alguém poderá dizer que, quando se é carregador e caolho, é melhor não se apaixonar, principalmente por uma princesa importante, que, além do mais, tem dois olhos. Concordo com que se tema bastante não agradar, mas, como não há amor sem esperança, e nosso carregador estava amando, teve esperanças.

Como tinha mais pernas do que olhos, e pernas que funcionavam bem, seguiu por quatro léguas a carruagem de sua deusa, conduzida a grande velocidade por seis grandes cavalos brancos. Era moda entre as damas daquele tempo viajar sem lacaios ou cocheiros: elas mesmas dirigiam. Os maridos queriam que elas estivessem sempre sozinhas para terem mais certeza da virtude delas, o que contraria totalmente o sentimento dos moralistas que dizem não existir virtude na solidão.

Mesrour continuava a correr ao lado das rodas da carruagem, voltando seu olho são para a dama, surpresa de ver um caolho tão ágil. Enquanto ele provava dessa forma que se é infatigável para aquilo que se ama, um animal selvagem perseguido por caçadores cortou a estrada e assustou os cavalos, que, disparando, arrastavam a bela para o precipício. Seu novo admirador, ainda mais assustado do que ela — embora ela estivesse tremendamente assustada —, cortou os arreios com uma habilidade fantástica. Os seis cavalos brancos saltaram sem a carruagem para o perigo, e a dama, não menos branca do que eles, salvou-se sem ter sofrido qualquer mal que não o medo. "Seja o senhor quem for", disse-lhe a dama, "jamais esquecerei que lhe devo a vida; peça-me o que quiser, tudo o que possuo é seu."

— "Ah! Posso oferecer-lhe o mesmo por motivos ainda mais fortes que os seus", respondeu Mesrour; "mas sempre irei oferecer-lhe menos, pois só tenho um olho, enquanto a senhora tem dois; porém um olho que a vê sempre vale mais do que dois olhos que não veem os seus". A dama sorriu, pois a corte de um caolho não deixa de ser galanteio, e os galanteios sempre provocam sorrisos. "Bem que gostaria de poder oferecer-lhe um outro olho", disse-lhe ela, "mas somente a sua mãe poderia ter-lhe dado esse presente; siga-me." Com essas palavras, desce de seu carro e prossegue seu caminho a pé; seu cãozinho também descera e caminhava a seu lado, latindo para o aspecto estranho de seu escudeiro. Eu não deveria atribuir-lhe o título de escudeiro, pois, por mais que oferecesse seu braço, a dama não quis aceitá-lo sob o pretexto de que estava demasiadamente sujo; e os leitores verão que ela se deu mal com sua limpeza. Tinha pés muito pequenos e sapatos ainda menores que seus pés, de maneira que não era nem feita, nem estava calçada para aguentar uma longa caminhada. Pés bonitos reconfortam de se ter pernas ruins, quando se passa a vida recostado num canapé, em meio a uma multidão de casquilhos; mas de que servem sapatos bordados com lantejoulas numa estrada pedregosa, onde só podem ser vistos por um carregador e, ainda mais, por um carregador que só tem um olho?

Melinade (era o nome da dama; tive os meus motivos para não revelá-lo até agora: não o havia inventado) andava como podia, maldizendo seu sapateiro, rasgando seus sapatos, esfolando os pés, torcendo-os todo o tempo. Fazia cerca de uma hora e meia que caminhava no ritmo das grandes damas, ou seja, já percorrera aproximadamente um quarto de légua, quando caiu de cansaço.

Mesrour, cujos préstimos ela recusara quando estava de pé, hesitava em voltar a oferecê-los, com medo de sujá-la quando a tocasse: sabia perfeitamente que não estava limpo; a dama fizera com que o compreendesse perfeitamente, e a comparação que o carregador fizera durante a caminhada entre ele e sua amada fez com que visse o problema ainda com mais clareza. Ela trajava um vestido leve de brocado, coberto de guirlandas de flores, que realçava a beleza de seu corpo; ele, um gabão marrom, todo cheio de manchas e buracos, e consertado de tal forma, que os remendos ficavam ao lado dos buracos e não sobre eles, onde, no entanto, seriam mais adequados. Comparara suas mãos nervosas e recobertas de calos com as duas mãozinhas mais brancas e delicadas que lírios; finalmente, vira os belos cabelos louros de Melinade, penteados em tranças e cachos, que se revelavam através de um leve véu transparente, enquanto ele só dispunha, em contrapartida, de cabelos escuros, eriçados, encarapinhados, cujo único ornamento era um turbante rasgado.

Enquanto isso, Melinade tenta levantar-se, mas cai novamente, e de modo tão desastrado que o que revelou a Mesrour acabou com o pouco juízo que talvez lhe tivesse restado à visão do rosto da princesa. Esqueceu que era carregador, que era caolho e nem pensou na distância que o destino impusera entre Melinade e ele; mal lembrou-se de que estava apaixonado, pois deixou de lado a delicadeza que dizem ser inseparável do amor verdadeiro, que por vezes é o seu encanto, mas com maior frequência seu tédio; utilizou os direitos que seu estado de carregador lhe davam à brutalidade, foi brutal e feliz. A princesa estava então provavelmente desmaiada, ou gemia por seu infortúnio; mas, como era justa, com certeza abençoava o destino pelo fato de todo infortúnio trazer consigo o consolo.

A noite estendera seu véu sobre o horizonte, escondendo com sua escuridão a verdadeira felicidade de Mesrour e a pretensa infelicidade de Melinade. Mesrour gozava os prazeres dos plenamente apaixonados, e gozava-os como carregador, ou seja (para a vergonha da humanidade), da maneira mais completa possível; a cada instante, Melinade desfalecia, a cada instante seu amante recuperava as forças. "Poderoso Maomé", disse de repente, em êxtase, mas como mau católico, "a minha felicidade seria completa se aquela que a provoca também a sentisse; conceda-me mais um favor enquanto estou em seu paraíso: faça com que eu seja aos olhos de Melinade o que ela seria aos meus se fosse dia"; acabou de orar e continuou a gozar. Sempre diligente demais para os amantes, a aurora surpreendeu Mesrour e Melinade na atitude em que poderia ser surpreendida um minuto antes com Titon. Qual o assombro de Melinade quando, ao abrir os olhos aos primeiros raios do dia, se viu num lugar encantado, com um jovem de aspecto nobre, o rosto lembrando o astro cujo retorno à terra aguardava! Tinha faces de rosa, lábios de coral; seus grandes olhos, ao mesmo tempo ternos e vivos, exprimiam e inspiravam a volúpia; sua aljava de ouro, ornada de pedrarias, estava pendurada em seus ombros e apenas o prazer fazia tinir suas flechas; sua longa cabeleira, presa por uma presilha de diamantes, flutuava com liberdade à sua cintura e, como traje, vestia um tecido transparente, bordado de pérolas, que nada escondia da beleza de seu corpo. "Onde estou, e quem é você?", exclamou Melinade, muito surpresa. "A senhora está junto do miserável que teve a felicidade de salvar sua vida e foi tão bem recompensado por todos os seus sofrimentos", respondeu ele. Melinade, tão feliz quanto surpresa, lamentou não ter a metamorfose de Mesrour ocorrido antes. Aproxima-se de um palácio brilhante que ofuscava seus olhos e lê a seguinte inscrição na porta: "Afastai-vos, profanos; essas portas só serão abertas para o senhor do anel".

Mesrour aproxima-se, por sua vez, para ler a mesma inscrição, mas viu outras letras e leu as seguintes palavras: "Bata sem temor". Bateu, e imediatamente as portas abriram-se em meio a um grande ruído. Os dois amantes entraram, ao som de mil vozes e mil instrumentos, num vestíbulo de mármore de Paras; dali passaram a uma sala soberba, onde, há 1.250 anos, os aguardava um festim delicioso, sem que qualquer prato tivesse esfriado: sentaram-se à mesa e foram servidos por mil escravos de grande beleza; a refeição foi entremeada de concertos e danças e, quando acabou, todos os espíritos vieram em ordem, divididos em várias tropas, com trajes tão magníficos quanto singulares, prestar juramento de fidelidade ao senhor do anel e beijar o dedo sagrado que o carregava.

Naquele tempo, havia em Bagdá um muçulmano muito piedoso que, não podendo ir lavar-se na mesquita, conseguia que a água da mesquita chegasse à sua casa mediante uma pequena retribuição que pagava ao sacerdote. Acabara de fazer a quinta ablução para preparar-se para a quinta oração, e sua criada, jovem cabeça de vento muito pouco piedosa, livrou-se da água sagrada jogando-a pela janela. Caiu sobre um infeliz profundamente adormecido no canto de uma baliza que lhe servia de travesseiro. Era o pobre Mesrour que, ao voltar de sua viagem encantada, perdera o anel de Salomão. Abandonara seus trajes soberbos e tornara a envergar seu gabão; sua bela aljava de ouro transformara-se em estojo de madeira de carregador e, para o cúmulo do infortúnio, deixara um dos olhos no caminho. Lembrou-se então ter bebido na véspera uma grande quantidade de aguardente que entorpecera seus sentidos e inflamara sua imaginação. Até aquele momento, amara a bebida por gosto; agora começava a amá-la por reconhecimento, e voltou todo contente a seu trabalho, decidido a empregar seus ganhos para comprar os meios de encontrar novamente sua querida Melinade. Qualquer um ficaria desolado de voltar a ser caolho e feio depois de ter usufruído de dois belos olhos; de ser rejeitado pelas varredoras do palácio, após ter gozado os favores de uma princesa mais bela que as amantes do califa e de servir a todos os burgueses de Bagdá após ter reinado sobre todos os espíritos; mas Mesrour não tinha o olho que via o lado ruim das coisas.

Tradução de Marina Appenzeller

Memnon ou a sensatez humana

Voltaire

Um dia Memnon concebeu o projeto insensato de ser completamente sensato. Essa loucura já passou pelo menos uma vez pela cabeça da maioria dos homens. Memnon disse para si mesmo: "Para ser muito sensato, e consequentemente muito feliz, basta não ter paixões; e todos sabem que nada é mais fácil. Em primeiro lugar, jamais amarei qualquer mulher, pois, ao ver uma beleza perfeita, direi a mim mesmo: um dia essas faces estarão cobertas de rugas, esses belos olhos orlados de vermelho, esse pescoço redondo ficará vulgar e pendente, e essa bela cabeça, calva. Ora, basta vê-la no presente com os olhos que a verei então para sua cabeça não fazer com que eu perca a minha".

"Em segundo lugar, estarei sempre sóbrio; por mais que eu seja tentado pela boa mesa, por vinhos deliciosos, pela sedução da vida social, basta eu imaginar as sequelas dos excessos, a cabeça pesada, o estômago embrulhado, a perda do raciocínio, da saúde e de tempo para que eu coma apenas o necessário; minha saúde será sempre equilibrada, minhas ideias, sempre límpidas e luminosas. Tudo isso é tão fácil que não há mérito nenhum em consegui-lo".

"Depois", dizia Memnon, "devo pensar um pouco em meu dinheiro; tenho desejos moderados; meus bens estão guardados com segurança junto ao recebedor-geral das finanças de Nínive; tenho com o que viver independentemente e esse é o maior dos bens. Jamais terei a necessidade cruel de apelar para a corte; não invejarei ninguém e ninguém me invejará. Isso também é muito fácil. Tenho amigos", continuou, "conseguirei conservá-los, pois nada terão a disputar comigo. Nunca terei caprichos com eles, nem eles comigo, tudo muito simples."

Após ter elaborado seu pequeno plano de sensatez em seu quarto, Memnon foi à janela. Viu duas mulheres que passeavam sob os plátanos ao lado de sua casa. Uma era velha e parecia não estar pensando em nada; a outra era jovem e bonita e parecia muito preocupada. Suspirava, chorava, o que a tornava ainda mais graciosa. Nosso sábio ficou tocado, não pela beleza da dama (tinha certeza absoluta de não sentir tal fraqueza), mas pela aflição que a consumia. Desceu e abordou a jovem ninivita com o intuito de consolá-la com sensatez. Essa bela pessoa contou-lhe, com um ar dos mais ingênuos e tocantes, todo o mal que lhe infligia um tio que não tinha; com que artifícios arrancara-lhe um bem que jamais possuíra, e tudo o que tinha a temer de sua violência. "O senhor parece-me tão bom conselheiro", disse-lhe ela, "que se tivesse a condescendência de ir até a minha casa examinar meus negócios, estou certa de que me tiraria dos cruéis apuros em que me encontro." Memnon não hesitou em segui-la para examinar seus negócios com sensatez e aconselhá-la bem.

A dama aflita levou-o para um quarto perfumado e convidou-o com polidez a sentar-se com ela num amplo sofá, onde ficaram, um diante do outro, as pernas cruzadas. A dama falou baixando os olhos dos quais por vezes escapavam lágrimas e que, ao erguerem-se, encontravam sempre o olhar do sensato Memnon. Suas palavras eram cheias de uma ternura que aumentava a cada vez que se olhavam. Memnon levava seu caso extremamente a sério e sentia, a cada momento que passava, mais vontade de ajudar uma pessoa tão honesta e tão infeliz. No calor da conversa, insensivelmente, deixaram de estar um diante do outro. As pernas descruzaram-se. Memnon aconselhou-a de tão perto e deu-lhe conselhos tão ternos que já não conseguiam, nem um nem outro, falar de negócios e já não sabiam mais em que parte da conversa haviam parado.

Nesse momento chega o tio, como era de se esperar: estava armado da cabeça aos pés; e a primeira coisa que disse foi que ia matar, com todo direito, o sensato Memnon e sua sobrinha; antes, porém, deixou escapar que podia perdoá-los em troca de muito dinheiro. Memnon foi obrigado a entregar-lhe tudo o que tinha. Naquele tempo, as pessoas podiam considerar-se felizes por escaparem por tão pouco; a América ainda não havia sido descoberta, e as damas aflitas não eram, nem de longe, tão perigosas quanto hoje em dia.

Envergonhado e desesperado, Memnon voltou para casa, onde encontrou um bilhete que o convidava para jantar com alguns de seus amigos íntimos. "Se eu ficar sozinho aqui em minha casa", disse, "não conseguirei tirar minha triste aventura da cabeça e não comerei; ficarei doente: é melhor ir fazer uma refeição frugal com meus amigos íntimos. Na doçura de sua companhia, esquecerei a bobagem que fiz esta manhã." Vai ao encontro deles; todos o acham um tanto aflito. Fazem com que beba para dissipar sua tristeza. Beber moderadamente um pouco de vinho é um remédio para a alma e o corpo. É isso o que o sensato Memnon acha; e embriaga-se. Propõem-lhe um jogo após a refeição. Um jogo disciplinado entre amigos é um passatempo honesto. Joga; perde todo o dinheiro que trazia consigo e ainda aposta quatro vezes essa quantia. Inicia-se uma briga por causa do jogo, todos inflamam-se: um de seus amigos íntimos joga-lhe um copo de dados na cabeça e fura-lhe um olho. O sensato Memnon é levado para casa embriagado, sem dinheiro e com um olho a menos.

Assim que passa a bebedeira, com as ideias mais claras, ele manda seu criado buscar dinheiro junto ao recebedor-geral das finanças de Nínive para pagar o que devia a seus amigos íntimos: dizem-lhe que, naquela manhã, seu devedor cometera falência fraudulenta, o que alarmou muita gente. Indignado, Memnon vai à corte, emplastro no olho e petição na mão, pedir justiça ao rei contra o falido. Num salão, encontra várias damas que, com um ar natural, carregavam crinolinas de 24 pés de circunferência. Uma delas, que o conhecia um pouco, diz, olhando-o com desprezo: "Ah, que horror!". Uma outra, que o conhecia um pouco mais, diz: "Boa tarde, senhor Memnon; realmente, senhor Memnon, estou muito contente em vê-lo; a propósito, senhor Memnon, por que o senhor perdeu um olho?". E afastou-se sem aguardar a resposta. Memnon escondeu-se num canto e esperou o momento propício para atirar-se aos pés do monarca. Chegou o momento. Beijou três vezes o chão e apresentou sua petição. Sua graciosa Majestade recebeu muito bem sua queixa e passou o caso para um de seus sátrapas. O sátrapa leva Memnon para um canto e diz, com um ar altivo, um tom amargo de troça: "Acho bem engraçado um caolho dirigir-se ao rei quando deveria vir diretamente a mim, e ainda mais engraçado que ouse pedir justiça contra um honesto falido que honro com a minha proteção, pois é sobrinho de uma camareira de minha amante. Meu amigo, se quer conservar o olho que lhe resta, esqueça esse caso".

Tendo renunciado naquela manhã às mulheres, aos excessos da mesa, ao jogo, a qualquer querela e sobretudo à corte, antes de a noite cair, Memnon fora enganado e roubado por uma bela dama, embriagara-se, jogara, brigara, perdera um olho e estivera na corte, onde dele zombaram.

Petrificado de estupor e desolado, vai embora, com a morte na alma. Quer voltar para casa; mas ali encontra meirinhos que retiram seus móveis a pedido dos credores. Cai quase desmaiado sob um plátano, onde encontra a bela dama da manhã que passeia com seu querido tio e que explode numa gargalhada ao ver Memnon com seu emplastro. Chega a noite. Memnon deita-se sobre a palha junto às paredes de sua casa. Está ardendo em febre; adormece com a crise, e um espírito celeste aparece-lhe em sonho.

Era resplandecente de luz. Tinha seis belas asas, mas não tinha nem pés, nem cabeça, nem cauda e não parecia com nada. "Quem é você?", perguntou-lhe Memnon. "Seu anjo da guarda", respondeu-lhe o outro. "Devolva-me então meu olho, minha saúde, meus bens, minha sensatez", diz Memnon, que lhe conta, a seguir, como havia perdido tudo aquilo em um dia. "São aventuras que nunca acontecem no mundo que habitamos", diz o anjo. "E em que mundo você mora?", diz o homem aflito. — "Minha pátria", respondeu, "fica a quinhentos milhões de léguas do sol, numa pequena estrela junto a Sírius, que você vê daqui." "Belo país!", diz Memnon; "O quê? Nesse lugar não há devassas que enganam um pobre homem, amigos íntimos que ganham seu dinheiro e furam-lhe o olho, falidos ou sátrapas que zombam de você e recusam-lhe justiça?". "Não", diz o habitante da estrela, "nada disso. Nunca somos enganados pelas mulheres, porque não há mulheres; nunca nos excedemos na mesa, porque não comemos; não temos falidos, porque não há, em nosso país, nem ouro, nem prata; não podem nos furar os olhos, porque não temos corpos como os seus; e os sátrapas não podem cometer injustiças, pois, em nossa pequena estrela, todos são iguais."

Então Memnon diz: "Meu senhor, sem mulheres e sem jantares, com que passam o tempo?". "A velar os outros globos que nos são confiados; e venho para consolá-lo", diz o gênio. "Que desgraça! Por que não veio na noite passada para evitar que eu cometesse tantas loucuras?", continua Memnon. "Estava com Assan, seu irmão mais velho", diz o ser celeste. "O estado dele é ainda mais lamentável que o seu. Sua graciosa Majestade, o rei das Índias, na corte do qual tem a honra de encontrar-se, mandou furar seus dois olhos por uma pequena indiscrição, e atualmente ele acha-se num calabouço, ferros nos pés e nas mãos." "Não vejo qual é a vantagem de se ter um anjo da guarda na família quando, dos dois irmãos, um está caolho, o outro cego, um deitado na palha, o outro na prisão", diz Memnon. "Sua sorte mudará", retoma o animal da estrela. "É verdade que será sempre caolho; mas, à parte esse problema, será bastante feliz, desde que não conceba mais o projeto estúpido de ser completamente sensato." "Então é impossível alcançar esse intento?", exclama Memnon, suspirando. "Tão impossível", replica o outro, "quanto ser completamente hábil, completamente forte, completamente poderoso, completamente feliz. Nós mesmos estamos bem longe disso. Há um globo onde é possível encontrar tudo isso; mas nos cem bilhões de mundos dispersos pela extensão do espaço, tudo acontece por etapas. Tem-se menos sabedoria e prazer no segundo do que no primeiro, menos no terceiro do que no segundo e assim por diante até o último, onde todos são completamente loucos." "Temo", diz Memnon, "que nosso pequeno globo terráqueo seja precisamente um desses hospícios do universo dos quais você me concede a honra de falar-me." "Não totalmente, mas quase: é preciso que tudo esteja em seu devido lugar." "Mas então certos poetas, certos filósofos estão completamente errados em afirmar que *tudo está correto*?", disse Memnon. "Estão muito certos", diz o filósofo lá de cima, "considerando a organização de todo o universo." "Ah!", replicou o pobre Memnon, "Só acreditarei nisso quando não for mais caolho!".

Tradução de Marina Appenzeller

Voltaire

História para ler e pensar

Archivo Iconografico/Corbis/Stock Photos

Voltaire: em seus contos, críticas à sociedade francesa do século XVIII.

Voltaire, cujo verdadeiro nome era François-Marie Arouet, nasceu em 1694. De família rica, começou a frequentar a corte de Paris muito jovem. Logo se destacou pela inteligência e pelas atitudes irreverentes. Elas lhe custaram o confinamento de quase um ano na prisão da Bastilha. Durante esse período, escreveu *Édipo*. Foi solto e passou a receber uma pensão anual, mas a briga com um nobre, em 1726, o levou de novo à Bastilha e depois ao exílio na Inglaterra.

Lá, Voltaire entrou em contato com um quadro político bastante diferente daquele que estava acostumado em seu país.

Voltou à França e escreveu *Cartas filosóficas*, obra de cunho político que, lançada em 1734, desagradou às autoridades francesas, sendo apreendida e queimada. Voltaire só escapou de nova prisão graças a amigos influentes que também lhe conseguiram o cargo de historiador real, o título de fidalgo e a eleição para a Academia em 1746. Nessa época intensificou sua produção literária, inclusive de peças teatrais.

Em 1750 mudou-se para a Prússia e mais tarde para a Suíça. Durante esse tempo, não deixou de se envolver em incidentes políticos nem de escrever. Data dessa época sua participação na *Enciclopédia*, um ambicioso projeto que pretendia registrar todo o conhecimento humano.

De volta à França, lançou, em 1759, *Cândido*, em que satiriza a sociedade de seu tempo.

Indisposto com os poderosos, mas aclamado pelo público, Voltaire morreu em 1778, deixando uma obra que ajudou a modificar as ideias do século XVIII.

Jack London

Bettman/Corbis/Stock Photos

A história de Keesh

Jack London

Keesh viveu, há muito tempo, à beira do oceano polar; foi líder de sua aldeia por vários e prósperos anos e morreu coberto de honras, com seu nome na boca dos homens. Ele viveu há tanto tempo que somente os velhos se recordam de seu nome, de seu nome e de sua história, que aprenderam dos velhos antes deles e que os futuros velhos repetirão, contando o que ouviram aos seus filhos e aos filhos de seus filhos, até o final dos tempos. E a escuridão do inverno, quando a tempestade do Norte varre com mais força a superfície do gelo e o ar é preenchido com flocos de neve flutuantes, esse é o tempo escolhido para contar como Keesh, vindo do iglu mais pobre da aldeia, alcançou poder e um lugar acima de todos.

Ele era um rapaz brilhante, assim a história conta, saudável e forte, e havia visto treze sóis, segundo o jeito de contar o tempo adotado pela tribo. Pois a cada inverno o sol deixa a terra na escuridão e no próximo ano um novo sol retorna, aquecendo novamente os corpos dos habitantes do lugar e fazendo com que eles possam olhar o companheiro no rosto. O pai de Keesh havia sido um homem corajoso, que encontrara a própria morte em um tempo de fome, quando procurava salvar a vida de sua gente tirando a vida de um enorme urso polar. Em sua impetuosidade, lutou com o animal de frente e acabou com os ossos triturados; mas o urso tinha muita carne e o povo foi salvo. Keesh, o único filho desse homem, viveu sozinho com a mãe depois disso. Mas as pessoas costumam esquecer, e elas se esqueceram do que o pai de Keesh havia feito; e ele, sendo apenas um menino, e sua mãe, apenas uma mulher, foram rapidamente esquecidos, e logo começaram a viver no mais miserável dos iglus.

Foi em um conselho da tribo, uma noite, no grande iglu de Klosh-Kwan, o chefe, que Keesh mostrou o sangue que corria em suas veias e a virilidade que lhe fortalecia a coluna vertebral. Com a dignidade de um homem velho, ele se levantou e aguardou o momento em que as vozes, confusas, silenciassem.

— É verdade que a carne tem sido dividida em partes iguais, para mim e para quem vive comigo — disse. — Mas, muitas vezes, é velha e dura essa carne, que, além disso, tem uma porção de ossos.

Os caçadores, grisalhos e maduros, robustos e jovens, ficaram horrorizados. Aquilo nunca havia acontecido antes. Uma criança que falava como adulto e dizia coisas rudes na cara deles!

Entretanto, imperturbável e sério, Keesh prosseguiu:

— Digo essas palavras porque sei que meu pai, Bok, era um grande caçador. Dizem que Bok trazia para casa mais carne que quaisquer dos dois melhores caçadores; que ele, com suas próprias mãos, dividia as porções e, com seus próprios olhos, vigiava para que a velha mais pobre e o homem mais idoso recebessem partes justas.

— Não, não! — os homens gritaram.

— Tirem essa criança daqui!

— Ponham o menino na cama!

— Ele ainda não é um adulto para falar com homens e velhos de barba branca!

Keesh esperou calmamente a gritaria terminar.

— Você tem uma mulher, Ugh-Gluk — disse. — E fala por ela. E você, Massuk, tem mãe também, e fala por ela. Minha mãe não tem ninguém, exceto a mim; é por esse motivo que falo. Como eu digo, apesar de Bok ter sido morto por caçar com imprudência, eu, que sou seu filho, e Ikeega, que é minha mãe e foi sua mulher, devemos receber carne em abundância enquanto houver carne em abundância na tribo. Eu, Keesh, filho de Bok, falei.

Ele se sentou, os ouvidos bem atentos ao burburinho que suas palavras criaram.

— Um menino falando no conselho! — resmungou Ugh-Gluk.

— Devem os bebês de colo dizer a nós, homens, as coisas que devemos fazer? — reclamou Massuk, erguendo a voz. — Sou por acaso um homem que possa virar motivo de zombaria para qualquer criança que pede carne?

A fúria chegou ao máximo. Os velhos ordenaram que ele fosse dormir, ameaçaram-no de não mais receber carne e lhe prometeram uma bela surra pela presunção. Os olhos de Keesh começaram a faiscar e o sangue, a pulsar sombriamente sob sua pele. Em meio ao insulto, ele ficou de pé.

— Ouçam-me vocês, homens! — ele gritou. — Nunca mais vou falar no conselho novamente; nunca mais, até que os homens venham a mim e digam: "Está bem, Keesh, você pode falar, está bem e é nosso desejo que seja assim". Esta é minha palavra final. Bok, meu pai, foi um grande caçador. Eu, também, seu filho, vou caçar a carne para comer. E fiquem sabendo, agora, que a divisão daquilo que eu matar será justa. Nenhuma viúva, nenhum fraco chorará à noite porque não há carne, enquanto homens fortes se queixam de grandes dores por terem comido demais. Eu, Keesh, disse isso!

Vaias e risos debochados o acompanharam à saída do iglu, mas seus maxilares estavam cerrados e ele se pôs a caminho, sem olhar para os lados.

No dia seguinte, foi à beira da praia, onde o gelo e a terra se encontram. Aqueles que o viram, notaram que ele carregava seu arco com um bom suprimento de flechas de osso farpado, e que, atrás de seu ombro, levava a grande lança de caça que pertencera a seu pai. E então houve risos, e muito falatório por conta desse fato. Esse era um acontecimento sem precedentes. Nunca antes garotos naquela tenra idade tinham-se aventurado a caçar, muito menos sozinhos. Houve também muita gente balançando a cabeça e murmurando profecias, e as mulheres olhavam penalizadas para Ikeega, que mantinha a expressão grave e triste.

— Ele vai voltar logo — elas disseram, para consolá-la.

— Deixe-o ir; ele vai levar uma lição — os caçadores sentenciaram. — E vai voltar, humilde e com a fala mansa, nos próximos dias.

Mas um dia se passou, e dois, e no terceiro um vento forte soprou, e nada de Keesh. Ikeega arrancou os cabelos e pôs na cara fuligem de óleo de foca, em sinal de dor; e as mulheres criticaram os homens com palavras amargas por eles terem destratado o garoto e o enviado à morte; e os homens não ensaiaram respostas, preparando-se, em lugar disso, para sair à procura do corpo, quando a tempestade diminuísse.

Na manhã seguinte, entretanto, Keesh entrou a passos largos na aldeia. Mas não vinha humilhado. Em seus ombros, trazia um fardo com carne fresca, recém-caçada. E havia dignidade em seu caminhar e arrogância na sua fala.

— Vão vocês, homens, com os cães e os trenós; sigam minha trilha como a melhor parte de um dia de viagem — ele disse. — Há muita carne no gelo: uma ursa e dois filhos quase crescidos.

Ikeega estava felicíssima, mas ele reagiu à manifestação dela como um adulto, dizendo:

— Vamos, Ikeega, vamos comer. E depois disso vou dormir, porque estou exausto.

Ele entrou no iglu da família, comeu até se fartar e, depois, dormiu por vinte horas seguidas.

Houve muita dúvida inicialmente, muita dúvida e discussão. Matar um urso é perigoso, mas é três vezes mais perigoso matar uma ursa com seus filhotes. Os homens não podiam crer que o menino Keesh, sem qualquer ajuda, tivesse realizado aquela maravilha tão grande.

Mas as mulheres comentavam a carne fresca que ele havia trazido nas costas e isso era um argumento incontestável contra a descrença dos homens. Então eles finalmente desistiram, resmungando o tempo todo que, com toda a certeza, se era assim, ele havia se esquecido de cortar as carcaças. No Norte, é imprescindível que isso seja feito tão logo o animal morra. Senão a carne se congela tão firmemente que pode entortar a ponta da faca mais afiada, e um urso de 136 quilos[1], com o cadáver congelado, não é coisa fácil de se colocar sobre o trenó e de se arrastar pela neve áspera. Mas, chegando ao lugar, eles encontraram não somente a caça morta — fato do qual haviam duvidado —, mas também puderam ver que o garoto Keesh havia esquartejado as feras como um verdadeiro caçador, e removido as entranhas dos animais.

Foi aí que o mistério de Keesh começou, mistério que era maior e maior com o passar dos dias. Em sua viagem seguinte, ele matou um urso jovem, quase crescido, e na viagem posterior, um enorme urso e sua fêmea. Geralmente se ausentava por três a quatro dias, embora não fosse raro permanecer fora por uma semana, no campo de gelo. Sempre dispensava companhia nessas expedições e as pessoas ficavam maravilhadas.

— Como ele faz isso? — perguntavam-se umas às outras.

— Nunca leva cães com ele, e os cães são de grande ajuda.

— Por que você só caça ursos? — Klosh-Kwan arriscou perguntar a ele, uma vez.

Keesh deu uma resposta conveniente:

— Todos sabem que os ursos têm mais carne.

Mas na aldeia falava-se em feitiçaria.

— Ele caça com os espíritos maus — algumas pessoas diziam —, razão pela qual sua caçada é recompensada. Que mais pode ser, senão que ele caça com os maus espíritos?

---

1 300 libras, no original. Uma libra é medida de peso equivalente a 453,59 gramas. (N.T.)

— Talvez não sejam maus, mas bons, esses espíritos — outros diziam. — Todos sabem que o pai dele era um caçador corajoso. Não poderia o pai estar caçando com o filho, transmitindo a ele sua superioridade, sua paciência e seu conhecimento? Quem sabe?

Apesar disso, o sucesso de Keesh continuou, e os caçadores menos hábeis frequentemente eram encarregados de arrastar a carne que ele trazia. E, na divisão da caça, ele era justo. Como seu pai fizera antes, vigiava para que a velha mais humilde e o homem mais idoso recebessem uma porção legítima, reservando para si próprio nada mais do que aquilo que suas necessidades reclamassem. E por causa disso, e por seu mérito como caçador, ele era olhado com respeito e até com temor; já se falava em fazê-lo chefe depois do velho Klosh-Kwan. Em razão das coisas que havia feito, eles o procuravam para participar novamente do conselho, mas ele nunca ia, e todos se envergonhavam de insistir.

— Estou com vontade de construir um iglu para mim — disse um dia a Klosh-Kwan e a um bando de caçadores. — Deverá ser um iglu grande, onde Ikeega e eu possamos viver confortavelmente.

— Sim — acenaram gravemente com a cabeça.

— Mas eu não tenho tempo. Meu negócio é caçar e isso leva todo o meu dia. Por isso, é justo que os homens e mulheres da aldeia que comem a carne que trago construam o iglu para mim.

E o iglu foi construído adequadamente, numa escala generosa, que excedeu até a moradia de Klosh-Kwan. Keesh e sua mãe mudaram-se para a nova casa, e essa foi a primeira regalia da qual ela desfrutou desde a morte de Bok. Não somente a prosperidade material pertencia a ela — devido a seu maravilhoso filho e à posição que lhe foi dada por ele, Ikeega passou a ser olhada como a primeira mulher da aldeia; e as mulheres iam visitá-la, pedir-lhe conselhos, e notar sua sabedoria quando, entre elas ou entre os homens, surgiam discussões.

Mas era o mistério das maravilhosas caçadas de Keesh o que ocupava as mentes em primeiro lugar. E um dia, Ugh-Gluk o acusou de praticar feitiçaria.

— Sobre você pesa a acusação — disse Ugh-Gluk, nefastamente — de lidar com maus espíritos, o que traria recompensa à sua caçada.

— Mas a carne não é boa? — foi a resposta de Keesh. — Alguém na aldeia já caiu doente porque a comeu? Como sabe se há feitiçaria nisso? Ou por acaso você supõe essas coisas na escuridão, meramente por causa da inveja que o consome?

E Ugh-Gluk retirou-se, derrotado; as mulheres rindo enquanto ele se afastava. Mas no conselho, uma noite, após longa deliberação, ficou determinado que espiões seriam postos na trilha de Keesh quando ele saísse para caçar, para que seus métodos pudessem ser estudados. Dessa forma, na viagem seguinte, Bim e Bawn, dois rapazes, dos mais espertos entre os caçadores, o seguiram, tomando o cuidado de não serem vistos. Depois de cinco dias eles retornaram, seus olhos esbugalhados e suas línguas, trêmulas, para contar o que haviam visto. O conselho foi chamado às pressas na casa de Klosh-Kwan e Bim tomou a palavra.

— Irmãos! Conforme nos foi ordenado, viajamos na trilha de Keesh, e com habilidade nós caminhamos, para que ele não desconfiasse. E na metade do caminho, no primeiro dia, ele arrumou um grande urso macho. Era um urso enorme.

— Nenhum é maior — Bawn confirmou, e prosseguiu contando. — Mas o urso não estava interessado em lutar, por isso voltou e fugiu devagarzinho pelo gelo. Isso a gente viu dos rochedos da praia, e o urso veio em nossa direção, e em seguida Keesh, sem medo algum. Vinha gritando palavras horríveis na direção do urso, agitando os braços e fazendo um barulhão. Então o urso ficou furioso, levantou-se nas patas traseiras e grunhiu. Mas Keesh caminhou diretamente para ele.

— Sim — continuou Bim. — Keesh andou bem na direção do urso. E o urso correu atrás dele, e ele fugiu. Mas, ao correr, Keesh deixou cair uma pequena bola no gelo. O urso parou e a cheirou, e então a engoliu. E Keesh continuou fugindo e despejando bolinhas, e o urso continuou devorando todas elas.

Exclamações e gritos saíram da boca dos homens, incrédulos, e Ugh-Gluk expressou total desconfiança.

— Vimos tudo com nossos próprios olhos — afirmou Bim.

E Bawn:

— Sim, com nossos próprios olhos. E isso continuou até que o urso, de repente, parou ereto e começou a uivar de dor, batendo as patas dianteiras furiosamente. E Keesh continuou a fugir pelo gelo, até alcançar uma distância segura. Mas o urso não lhe deu atenção, preocupado que estava com a desventura que as bolinhas haviam produzido dentro dele.

— Sim, nas entranhas dele — interrompeu Bim. — Ele rolava na neve como um cachorrinho brincalhão; não fosse a maneira como rosnava e guinchava, e ninguém diria que estivesse sofrendo, mas, pelo contrário, divertindo-se muito. Nunca vi coisa parecida!

— Nunca, nunca vi uma coisa assim — disse Bawn, aumentando a tensão. — E, além disso, era um urso enorme.

— Feitiçaria — insinuou Ugh-Gluk.

— Sei não — replicou Bawn. — Eu só digo o que os meus olhos viram. E depois de um tempo, o urso cresceu em fraqueza e cansaço, pois era muito pesado e tinha pulado com extrema violência, e saiu pela praia gelada, balançando a cabeça levemente, de um lado para o outro, e se sentando de vez em quando para gemer e chorar. E Keesh seguiu o urso, e nós seguimos Keesh, e naquele dia e nos três seguintes nós o seguimos. O urso ficava cada vez mais fraco e não parava de gritar sua dor.

— Foi um feitiço! — exclamou Ugh-Gluk. — É claro que foi um feitiço!

— Talvez tenha sido.

E Bim tomou a palavra de Bawn.

— O urso andou a esmo, de um lado a outro, dobrando-se para trás ou para diante, atravessando sua trilha em círculos, de forma que, no final, ele praticamente voltara ao lugar onde Keesh primeiro o havia encontrado. Nessa hora, ele estava bastante doente, o urso, e não pôde mais rastejar, então Keesh chegou perto e atravessou a lança no corpo do bicho, até que ele morresse.

— E depois? — inquiriu Klosh-Kwan.

— Depois deixamos Keesh esfolando o urso e viemos correndo para que a notícia da matança pudesse ser contada.

E na tarde daquele dia as mulheres arrastaram para a aldeia a carne do urso, enquanto os homens se reuniam na assembleia do conselho. Quando Keesh chegou, enviaram-lhe um mensageiro, chamando-o à reunião. Mas ele mandou uma resposta na qual dizia estar faminto e cansado; mas também lembrava que seu iglu era grande e confortável, e podia abrigar vários homens.

A curiosidade de todos era tão grande que o conselho inteiro, com Klosh-Kwan à frente, levantou-se e dirigiu-se ao iglu de Keesh. Ele estava comendo, mas os recebeu respeitosamente, e os fez sentar, cada um de acordo com sua posição. Ikeega sentia-se orgulhosa e embaraçada, alternadamente, mas Keesh estava totalmente tranquilo.

Klosh-Kwan repetiu a informação trazida por Bim e Bawn e, ao final, disse, com uma voz firme:

— Portanto, queremos uma explicação, ó Keesh, sobre sua maneira de caçar. Há feitiçaria nisso?

Keesh levantou os olhos e sorriu.

— Não, ó Klosh-Kwan, as coisas das feiticeiras não são para um garoto, e de feitiçaria não entendo nada. Eu apenas descobri um jeito de matar o urso polar com facilidade, é só. Isso é a arte da inteligência, não a arte da feitiçaria.

— E qualquer homem pode fazer isso?

— Qualquer um.

Fez-se um grande silêncio. Os homens olharam-se, um no rosto do outro, e Keesh continuou comendo.

— E... e... você vai contar para nós, ó Keesh? — perguntou Klosh-Kwan finalmente, com uma voz trêmula.

— Sim, vou contar a vocês. — Keesh terminou de chupar um osso cheio de tutano e levantou-se. — É muito simples. Vejam!

Apanhou uma tira fina de osso de baleia e mostrou a eles. As extremidades eram afiadas como pontas de agulha. Ele enrolou a tira cuidadosamente, até que desaparecesse em sua mão. Então, de repente, soltou-a, e ela ficou novamente estirada. Ele apanhou um pedaço de gordura de baleia.

— É assim — ele disse. — Pega-se um pedaço pequeno e grosso da gordura da baleia e cava-se um buraco nela. Dentro do buraco vai o osso, assim, apertado bem firme, e outro pedaço de gordura é colocado sobre o osso. Depois, esse pedaço é posto para fora, onde congela em forma de uma pequena bola. O urso engole a bolinha, a gordura se dissolve, o osso da baleia com suas pontas agudas se endireita, o urso fica doente, e quando o bicho estiver muito doente, bem... a gente o mata com uma lança. É muito simples.

E Ugh-Gluk disse:

— Oh!

E Klosh-Kwan disse:

— Ah!

Cada um disse algo à sua maneira e todos entenderam.

E essa é a história de Keesh, que viveu há muito tempo à beira do oceano polar. Porque exercitou a arte da inteligência, subiu do mais miserável iglu à liderança de sua aldeia; e por todos os anos em que viveu, contam, sua tribo foi próspera, e nenhuma viúva e nenhum fraco chorou alto de noite porque não havia carne.

Tradução de Rosane Barguil Pavam

A sabedoria da trilha

Jack London

Sitka Charley havia conquistado o impossível. Outros índios poderiam ter conhecido tanto sobre a sabedoria da trilha quanto ele; mas só Sitka Charley entendeu a sabedoria do homem branco, a honradez da trilha e a lei. Essas coisas, entretanto, não haviam sido obtidas por ele de uma só vez. A mente indígena é lenta para generalizar e muitos fatos, repetidos continuamente, são necessários para que ela alcance o entendimento. Sitka Charley, quando criança, foi jogado ao convívio frequente com os homens brancos e, adulto, escolheu dividir sua sorte com eles, exilando-se, de uma vez por todas, de sua própria gente. Mesmo respeitando, quase venerando o poder do branco, e considerando bem o assunto, ele ainda tivera de adivinhar a essência secreta daquele povo que não era o seu — a honra e a lei. E foi só com o passar dos anos que ele veio finalmente a entender. Sendo um estranho, quando percebeu, ele compreendia melhor essa essência que o próprio homem branco; sendo um índio, ele havia conquistado o impossível.

E em razão disso tudo ele tinha criado um certo desprezo por sua própria gente — um desprezo que ele havia transformado em dissimulação, mas que agora explodia em uma tempestade de maldições, em várias línguas, sobre as cabeças de Kah-Chucte e Gowhee. Os dois índios se encolhiam de medo atrás de Sitka Charley, covardes demais para atacar, ferozes demais para esconder suas presas. Eles não eram belas criaturas. Nem Sitka Charley era. Todos os três possuíam um olhar amedrontado. Não havia carne em suas faces; as maçãs de seus rostos eram repletas de cicatrizes medonhas, que se haviam rachado e congelado na intensa neve; enquanto seus olhos queimavam sombriamente com a luz que nasce do desespero e da fome. Homens assim situados, além do território da honra e da lei, não são confiáveis. Sitka Charley sabia disso; e essa foi a razão pela qual ele os obrigou a abandonar seus rifles com o resto da tralha do acampamento dez dias antes. Seu rifle e o do capitão Eppingwell foram os únicos que restaram.

— Venham, façam o fogo! — ele ordenou, desengavetando a preciosa caixa de fósforos, com suas hastes de galho seco.

Os dois índios mostravam-se visivelmente irritados por ter de juntar pedaços secos de galhos de árvore e toda espécie rasteira. Eles eram fracos e frequentemente interrompiam o trabalho, esbarrando em si próprios quando se curvavam, com movimentos vertiginosos, ou cambaleando no meio da operação, com os joelhos tremendo feito castanholas. Após cada viagem, eles descansavam por um instante, como se estivessem doentes ou mortalmente esgotados. Às vezes, seus olhos adquiriam a paciente indiferença dos tolos; e novamente o ego de Sitka Charley parecia estar estourando à vista de todos, com seu grito selvagem: "Eu, eu, eu quero existir!" — a nota dominante de todo o universo vivo.

Um leve sopro de ar vinha do sul, picando a parte descoberta de seus corpos e empurrando o gelo, como agulhas de fogo, através da pele e da carne, em direção aos ossos. Desse modo, quando a fogueira havia se tornado forte e derretido um círculo úmido em volta, Sitka Charley forçou seus companheiros relutantes a ajudarem a armar a barraca. Era um trabalho primitivo, um simples cobertor estirado paralelamente ao fogo e na direção do vento, em um ângulo de aproximadamente 45 graus. Isso fazia cortar o vento frio e levar o calor na direção daqueles que se abrigavam na barraca. Então, uma camada de ramos verdes de pinheiro foi espalhada, para que seus corpos não entrassem em contato com a neve. Quando essa tarefa foi cumprida, Kah-Chucte e Gowhee passaram a tratar dos próprios pés. Seus mocassins próprios para a neve estavam tristemente gastos após tanta viagem, e o gelo pontiagudo que se acumulava no rio deixou os calçados em trapos. O mesmo aconteceu às suas meias Siwash; e quando foram descongeladas e retiradas, as pontas brancas e amortecidas de seus pés, em diferentes graus de mortificação, contaram sua simples história da trilha.

Sitka Charley deixou os dois secando suas meias e sapatos e tomou a trajetória inicial. Ele, também, tinha um desejo forte de se sentar ao fogo e cuidar de sua carne queixosa, mas a honra e a lei o proibiam. Ele avançou lenta e penosamente, pelo campo congelado, cada passo um protesto, cada músculo em revolta. Diversas vezes, onde a água do rio havia se congelado recentemente, ele foi forçado a acelerar seus movimentos de forma miserável, enquanto o frágil piso balançava, ameaçando-o. Em alguns lugares, a morte parecia rápida e fácil; mas não era seu desejo sofrer mais.

Sua profunda ansiedade sumiu quando dois índios se arrastaram violentamente, à sua vista, em uma curva do rio. Eles cambalearam e ofegaram como homens sob pesadas cargas; contudo, os pacotes em suas costas continham poucos gramas. Sitka Charley chamou pelos índios nervosamente e suas respostas pareceram aliviá-lo. Ele se afastou dali depressa. Em seguida vieram dois homens brancos, carregando uma mulher. Também se comportavam como se estivessem bêbados e seus membros moviam-se com fraqueza. Mas a mulher encostava-se levemente sobre eles, preferindo carregar-se a si mesma para a frente, com sua própria força. À visão dela, um clarão de prazer iluminou a face de Sitka Charley. Ele cultivava grande estima pela senhora Eppingwell. Havia visto muitas mulheres brancas, mas essa era a primeira a percorrer a trilha com ele. Quando o capitão Eppingwell lhe propôs a perigosa tarefa e fez uma oferta por seus serviços, Sitka Charley balançou a cabeça gravemente; porque essa era uma viagem ao desconhecido através da sinistra vastidão do País do Norte, e ele sabia que esse percurso atormentaria ao extremo as almas dos homens. Mas, quando tomou conhecimento de que a mulher do capitão iria acompanhá-los, recusou-se prontamente a ter qualquer envolvimento com a coisa. Fosse uma mulher de sua própria raça e ele não teria colocado objeções; mas essas do País do Sul... Não, não, elas eram delicadas demais, frágeis demais para enfrentar uma viagem como aquela.

Sitka Charley não conhecia esse tipo de mulher. Cinco minutos antes, sequer sonhava em tomar parte da expedição; mas quando ela veio a ele com seu maravilhoso sorriso e seu claro e correto inglês, e falando diretamente, sem suplicar ou tentar convencer, ele imediatamente cedeu. Tivesse havido flexibilidade e apelo de compaixão nos olhos dela, um tremor na voz, uma tentativa de tirar proveito do sexo, e ele teria sido irredutível; em lugar disso, os olhos límpidos e penetrantes dela, e o som claro de sua voz, sua total franqueza e sua silenciosa suposição de igualdade tiraram Sitka Charley do sério. Ele sentiu, enfim, que essa era uma nova espécie de mulher; e antes que se houvessem tornado companheiros de trilha, por muitos dias ele soube por que os filhos de mulheres como aquela eram os senhores da terra e do mar, e por que os filhos das mulheres de sua raça não podiam prevalecer sobre os brancos. *Delicada e suave!* Dia após dia ele a observava, os músculos cansados, exausta, invencível, e as palavras vinham a ele num refrão permanente. *Delicada e suave!* Ele sabia que os pés dela haviam nascido para caminhos fáceis e terras ensolaradas, estranhos à dor dos mocassins do gelo do Norte, intocados pelos lábios frios da neve, e ele observava e se maravilhava com aqueles pés, brilhando através do dia cansativo.

Ela sempre tinha um sorriso e uma palavra de carinho, da qual nem mesmo o mais desprezível empacotador estava excluído. Enquanto escurecia, ela parecia firmar-se e reunir mais força, e quando Kah-Chucte e Gowhee — que haviam se vangloriado de conhecer cada pedaço do caminho como uma criança indígena conhecia cada tira de couro de sua tenda — admitiam não saber onde estavam, era ela quem levantava uma voz generosa, em meio à maldição daqueles homens. Ela havia cantado para eles naquela noite até que sentissem a fraqueza abandoná-los e estivessem prontos para encarar o futuro com novas esperanças. Quando a comida faltou e cada ração escassa foi dividida com desconfiança, ela se rebelou contra as tramas de seu marido e de Sitka Charley, exigindo receber uma porção nem maior nem menor que a dos outros.

Sitka Charley se orgulhava de conhecer essa mulher. Uma nova riqueza, uma maior abundância haviam penetrado em sua vida com a presença dela. Até aqui, ele tinha sido seu próprio mentor, sem obedecer a ordens de qualquer pessoa viva; havia moldado a si mesmo de acordo com suas próprias regras, nutrido sua humanidade indiferente a tudo, exceto às próprias opiniões. Pela primeira vez tinha sentido um chamado que não vinha do melhor dele. Somente um olhar de aprovação dos olhos límpidos e penetrantes, uma palavra de agradecimento do som claro daquela voz, somente um movimento leve dos lábios naquele maravilhoso sorriso, e ele estaria no Céu. Era um novo estímulo à sua humanidade; pela primeira vez, Sitka Charley assustou-se com um orgulho consciente de ser possuidor da sabedoria da trilha; e eles sempre conseguiam levantar o ânimo decaído de seus companheiros.

As faces dos dois homens brancos iluminavam-se ao vê-lo; pois ele era o guia do qual dependiam. Mas Sitka Charley, firme como de hábito, ocultando dor e prazer, imparcialmente, sob um exterior de ferro, procurou convencê-los do bem-estar de um descanso, contou a distância do fogo e prosseguiu viagem. Depois encontrou um índio sozinho, sem sua carga, mancando, lábios comprimidos e olhos fixos, com a dor de quem participou de uma batalha perdida pela vida. Ele recebeu os melhores cuidados possíveis, mas, no limite, os fracos e desafortunados devem perecer e Sitka Charley acreditou que os dias daquela criatura estavam contados. O homem não podia manter-se por muito tempo, então dirigiu a ele palavras de consolo, duras. Em seguida vieram mais dois índios, a quem ele havia incumbido de ajudar Joe, o terceiro homem branco do grupo. Eles o haviam abandonado. Sitka Charley viu num relance a vontade que os dois índios tinham de cair fora e soube que finalmente haviam rejeitado sua autoridade. Então não se surpreendeu quando, ao pedir que assumissem sua antiga responsabilidade, viu o brilho das facas de caça que saíam de suas bainhas. Um espetáculo lamentável, três homens fracos erguendo sua débil força diante da imensa vastidão; mas os dois recuaram ante a feroz explosão do rifle de um deles e retornaram, como cães batidos, à correia. Duas horas depois, com Joe trêmulo entre eles e Sitka Charley comandando a retaguarda, chegaram-se ao fogo, onde o restante da expedição se abrigava na tenda.

— Umas poucas palavras, meus companheiros, antes de dormirmos — disse Sitka Charley depois de eles terem devorado suas minguadas rações de pão sem fermento. Ele estava falando aos índios em sua própria língua, tendo já feito suas considerações aos brancos.

— Umas poucas palavras, meus companheiros, para o seu próprio bem, que assim talvez vocês sobrevivam. Eu vou lhes ditar a lei. Ela diz que morre quem a desrespeitar. Nós passamos as Montanhas do Silêncio e agora viajamos dentro dos limites do Stuart. Pode custar uma noite de sono, pode custar várias ou mesmo muitas noites, mas nós chegaremos em tempo para estar entre os homens do Yukon[1]. Seria bom

1 Yukon: rio principal do Alasca, dá seu nome ao território que fica na extremidade noroeste do Canadá, uma região vasta e deserta. No final do século XIX, chegaram ao território as primeiras expedições de homens brancos, guiados por índios da região, em busca de ouro. As viagens eram extremamente penosas nos meses de inverno rigoroso, quando o rio Yukon congela. (N.T.)

a gente confiar na lei. Hoje, Kah-Chucte e Gowhee, a quem eu ordenei abrir a trilha, esqueceram-se de que eram homens e, como crianças assustadas, fugiram. A verdade, eles esqueceram; então vamos esquecer. Mas, daqui por diante, façam com que eles se lembrem. Se isso acontecer, eles não... — e tocou o rifle despreocupadamente, mas com severidade. — Amanhã eles vão carregar a farinha e cuidar para que o homem branco Joe não seja abandonado na trilha. As porções de farinha estão contadas; pode muito bem uma onça estar espreitando no anoitecer... Vocês entendem? Hoje alguns se esqueceram. Moose Head e Three Salmon deixaram o homem branco estendido na neve. Não deixem que eles se esqueçam mais. Com a luz do dia, eles vão adiante e abrem a trilha. Vocês ouviram a lei. Olhem bem, não a quebrem.

Sitka Charley percebeu que era impossível manter a fila de homens reunida. De Moose Head e Three Salmon, que abriam a trilha adiante, a Kah-Chucte, Gowhee e Joe, a distância era de aproximadamente uma milha[2]. Cada um deles cambaleava, caía ou descansava, conforme a vontade dele. Aquele grupo de caminhantes compunha uma progressão de vacilos em cadeia. Cada um deles se apoiava no último vestígio de força e tropeçava para a frente, até que toda a energia se fosse, mas, como por milagre, havia sempre um resto dela. Quando um homem caía, era com a firme crença de que não mais se levantaria; mas então ele se levantava, mais uma vez e uma vez mais. A carne se entregava, a vontade vencia pela força; mas cada sucesso era uma tragédia. O índio com o pé congelado, não mais ereto, rastejava sobre as mãos e os joelhos. Ele raramente descansava, pois sabia que a neve o puniria. Mesmo os lábios da senhora Eppingwell fechavam-se em um sorriso sem vida, e seus olhos, abertos, não viam. Com frequência ela parava, pressionando uma das luvas sobre o coração, respirando com dificuldade, atordoada.

2 Uma milha equivale a 1,6 km. (N.T.)

Joe, o homem branco, havia ultrapassado o estágio do sofrimento. Não mais implorava para ser deixado sozinho; pedia ao Céu para morrer; mas era confortado e satisfeito com o efeito analgésico do delírio. Kah-Chucte e Gowhee o arrastavam com força, soltando sobre ele uma olhadela selvagem ou um golpe repentino. Para eles, era o máximo de injustiça. Seus corações estavam amargos de ódio, pesados de medo. Por que haveriam de sobrecarregar sua força com a fraqueza dele? Fazer isso significava a morte; não fazer... e eles se lembravam da lei de Sitka Charley, e do rifle.

Joe sentia a luz do dia aproximar-se do fim; e tão difícil era erguê-lo que os dois índios acabavam por soltá-lo mais e mais. Algumas vezes, todos os três se lançavam à neve, tão fracos os índios se tornaram. Entretanto, suas costas carregavam vida, e força, e calor. Nos três sacos de farinha estavam todas as potencialidades da existência. Eles só pensavam nisso e não foi estranho aquilo que lhes passou pela cabeça. Haviam caído ao lado de um monte de toras, onde mil pedaços de madeira esperavam por um palito de fósforo. Próximo a eles, estava um buraco vazio na neve. Kah-Chucte examinou a madeira e a água e o mesmo fez Gowhee; então, eles se entreolharam. Nenhuma palavra foi dita. Gowhee acendeu o fogo; Kah-Chucte encheu uma caneca com água e esquentou-a; Joe murmurou coisas de um outro mundo, numa língua desconhecida. Eles misturaram a farinha à água quente até que se formasse uma pasta, e dessa mistura tomaram várias canecas. Não ofereceram nada a Joe; mas ele nem se importou. Ele não se importava com coisa alguma, nem mesmo com seus mocassins, que chamuscavam e soltavam fumaça entre os pedaços de carvão.

Uma névoa cristalina de gelo caiu sobre eles, suave e carinhosamente, envolvendo-os em apertados mantos usados pelos brancos. E seus pés teriam percorrido ainda muitas trilhas se o destino não tivesse limpado as nuvens e clareado o ar. Mais ainda — um atraso de dez minutos teria sido a salvação para eles. Sitka Charley, olhando para trás, viu as espirais de fumaça daquela fogueira e adivinhou tudo. Olhou para a frente, para aqueles que lhe eram fiéis e para a senhora Eppingwell.

— Então, meus bons camaradas, vocês novamente se esqueceram de que eram homens? Bom. Muito bom. Haverá menos barrigas para alimentar.

Sitka Charley fechava os sacos de farinha enquanto falava, amarrando os pacotes em suas costas, com uma correia. Chutou Joe até que a dor rompesse o êxtase do pobre diabo e o trouxesse trêmulo sobre os pés. Então ele o empurrou para a trilha e o recolocou em seu caminho. Os dois índios tentaram fugir.

— Parado, Gowhee! E você também, Kah-Chucte! Por acaso a farinha deu tanta força às suas pernas que elas escaparam do comando? Não pensem em enganar a lei. Sejam homens pela última vez e estejam satisfeitos de morrer com o estômago cheio. Venham, aproximem-se, de volta às toras de madeira, ombro a ombro. Venham!

Os dois índios obedeceram, quietos, sem medo; pois é o futuro que importuna o homem, não o presente.

— Você, Gowhee, tem mulher, filhos e uma tenda de camurça em Chipewyan. Qual é o seu testamento?

— Dê a ela o que é meu, segundo a palavra do capitão: os cobertores, o terço, o tabaco, a caixa que faz sons estranhos na mão do homem. Diga que eu morri na trilha, mas não diga como.

— E você, Kah-Chucte, que não tem mulher nem filho?

— Tenho somente uma irmã, a mulher do feitor de Koshim. Ele bate nela e ela não é feliz. Dê a ela as coisas que me são de direito pelo contrato e diga a ela que seria bom voltar para a sua gente. Se você encontrar o homem, pode matá-lo, se não se importar. Ele bate nela, ela tem medo.

— Vocês estão contentes de morrer pela lei?

— Sim, estamos.

— Então adeus, meus bons camaradas. Vocês podem sentar-se ao lado do pote cheio, nas tendas aquecidas, antes que o dia se vá.

Enquanto falava, ergueu o rifle e muitos ecos romperam o silêncio. Mal os índios haviam morrido e outros rifles falaram a distância. Sitka Charley sobressaltou-se. Tinha havido mais de um tiro. Mas existia somente um outro rifle no grupo. Ele deu uma rápida olhada para os homens quietos no chão, sorriu maliciosamente à sabedoria da trilha e seguiu depressa ao encontro dos homens do Yukon.

Tradução de Rosane Barguil Pavam

Jack London

Aventuras inspiradas na própria vida

Bettman/Corbis/Stock Photos

O aventureiro London: além de escritor, ele também foi pescador, operário, marinheiro e até foi para o Alasca à procura de ouro.

Jack London, cujo verdadeiro nome era John Griffith, nasceu em 1876, na cidade de San Francisco, Califórnia. Filho natural de um astrólogo de origem irlandesa, ele adotaria o sobrenome de seu padrasto, John London. Teve uma infância muito pobre e já aos 11 anos de idade trabalhava para sustentar a família. Interessou-se pela leitura logo cedo, hábito que cultivou durante toda a vida, mesmo sob as condições mais adversas.

Foi pescador, operário, marinheiro e patrulheiro marítimo, até embarcar para o Alasca, em 1896, à procura de ouro. Não encontrando uma única pepita, retornou à Califórnia, onde começou a publicar contos e novelas em jornais e revistas. Logo conseguiu viver do que escrevia, sobretudo graças ao romance *O grito da selva* (1903), que obteve sucesso imediato.

Em 1904, viajou para o Extremo Oriente para cobrir a guerra russo-japonesa. Ao retornar, mandou construir um barco, com o qual pretendia dar a volta ao mundo — mas não chegou a passar da Austrália.

Por volta de 1913 era o mais conhecido e bem pago escritor do mundo. Porém, alguns desastres financeiros, o alcoolismo e o excesso de trabalho fizeram com que a qualidade de seus livros fosse decaindo ao fim de sua vida. Jack

London morreu em 22 de novembro de 1916, em sua propriedade de Glenn Ellen, na Califórnia.

Em seus textos, exploradores do Alasca e marinheiros fundem-se a literatos e filósofos, fazendo clara a influência de autores como Nietzsche e Marx. Entre seus romances mais famosos estão *O lobo do mar, Caninos brancos* e *O tacão de ferro.*

Franz Kafka

Bettman/Corbis/Stock Photos

A ponte

Franz Kafka

Eu estava teso e frio, eu era uma ponte, deitado por cima de um abismo. No lado de cá, estavam fincadas as pontas dos pés, no lado de lá, as mãos; cravei os dentes num barro que se esboroava. As abas do meu casaco esvoaçavam a meus lados. Lá no fundo esbravejava o gélido arroio das trutas. Turista algum iria perder-se naquela altura intransitável; a ponte ainda não fora marcada nos mapas. — Assim, fiquei deitado, esperando; tinha de esperar. Sem desabar, nenhuma ponte, uma vez erigida, pode deixar de ser ponte.

Foi uma vez à tardinha — se foi a primeira, se foi a milésima, não sei — meus pensamentos andavam o tempo todo confusos, e sempre em círculo. À tardinha, no verão, o riacho rumorejava mais soturno, foi então que ouvi passos de um homem! Para cá, para cá. — Espicha-te ponte, coloca-te em posição, viga sem corrimões, segura aquele que te é confiado. Equilibra imperceptivelmente a insegurança de seus passos; se ele porém vacilar, então dá-te a conhecer e, como um deus das montanhas, lança-o à terra.

Ele veio, tateou-me com a ponta de ferro de seu bastão, depois ergueu com ela as abas do meu casaco, ordenando-as em cima de mim. Enfiou a ponta em meus cabelos tufados e, provavelmente olhando desorientado em volta, deixou-a ficar ali por longo tempo. Depois, porém — eu estava justamente a acompanhá-lo em meus sonhos por sobre montes e vales —, saltou com ambos os pés bem no meio de meu ventre. Estremeci, tomado de uma dor atroz, totalmente sem saber quem ele era. Uma criança? Um sonho? Um salteador? Um suicida? Um tentador? Um exterminador? E virei-me para olhá-lo. — Uma ponte que se vira! Eu ainda não tinha completado a volta, e já fui despencando; despenquei, e já fui dilacerado e espetado pelos seixos pontiagudos que sempre me haviam fitado tão pacificamente através das águas impetuosas.

Tradução de Betty M. Kunz

Um artista da fome

Franz Kafka

Nas últimas décadas, o interesse por artistas da fome diminuiu bastante. Se antes era compensador promover, por conta própria, grandes exibições desse gênero, hoje isso é completamente impossível. Os tempos eram outros. Naquela época, a cidade inteira ocupava-se com o artista da fome; a cada dia de jejum aumentava o interesse; todos queriam ver o jejuador pelo menos uma vez por dia; na fase adiantada havia assinantes que passavam dias inteiros sentados diante da pequena jaula gradeada; também à noite havia visitas, à luz de tochas, para aumentar o efeito. Em dias de sol, a jaula era levada para o ar livre, e o artista então mostrado principalmente às crianças. Enquanto, para os adultos, muitas vezes ele não passasse de uma diversão da qual tomavam parte por ser moda, as crianças observavam espantadas, boquiabertas, segurando-se pelas mãos por questão de segurança, aquele homem pálido, de malha preta e costelas tremendamente salientes, que desprezava até uma cadeira, preferindo ficar sentado sobre a palha espalhada no chão, ora acenando cortesmente com a cabeça, ora respondendo a perguntas com um sorriso forçado, ou então esticando o braço pelas grades para que apalpassem sua magreza; mas depois voltava a ficar todo ensimesmado, sem se importar com ninguém, nem mesmo com a batida do relógio — tão importante para ele —, que era a única peça de mobiliário da jaula, só fitando o vazio, de olhos semicerrados e, vez por outra, bebericava água de um minúsculo copinho para umedecer os lábios. Além dos espectadores que mudavam, também havia vigilantes permanentes, escolhidos pelo público — curiosamente, em geral, tratava-se de açougueiros —, sempre três ao mesmo tempo, que tinham a incumbência de observar dia e noite o artista da fome, para que ele não acabasse ingerindo algum alimento às escondidas. Isso, entretanto, era uma mera formalidade introduzida para tranquilizar as massas, pois os iniciados bem sabiam que o jejuador jamais, em hipótese alguma, nem sob coação, teria comido o mínimo que fosse durante o período de jejum; a honra de sua arte proibia-o. Naturalmente, nem todo vigilante conseguia compreender isso; às vezes havia grupos de vigilantes noturnos que se desincumbiam da guarda com muita displicência, reunindo-se de propósito num canto afastado, e lá ficavam absortos, jogando cartas, com a evidente intenção de darem ao artista da fome uma oportunidade para comer alguma coisinha que, segundo acreditavam, ele podia tirar de alguma provisão secreta. Nada afligia mais o artista da fome do que tais vigilantes; deixavam-no acabrunhado; tornavam-lhe o jejum terrivelmente difícil; às vezes superava sua fraqueza e cantava durante esses períodos de vigia, enquanto aguentava, para mostrar às pessoas quão injustamente suspeitavam dele. Isso, porém, de pouco adiantava, porquanto elas, nesse caso, só se admiravam de sua habilidade de comer até enquanto cantava. Apreciava muito mais os vigilantes que se sentavam bem junto às grades e, não se contentando com a parca iluminação noturna da sala, faziam incidir sobre ele os raios de lanternas elétricas que o empresário colocava à sua disposição. A luz ofuscante nem o incomodava; dormir, de qualquer forma, não podia, e cochilar um pouquinho, sempre conseguia, com qualquer iluminação e a qualquer hora, mesmo na sala superlotada e barulhenta. Com vigilantes como esses, sentia-se disposto a passar de bom grado a noite toda em claro; disposto a brincar com eles, a contar-lhes histórias de sua vida errante, e depois, por sua vez, escutar as narrativas deles, tudo só para mantê-los acordados, para sempre poder provar-lhes que não tinha nada de comestível na jaula e que jejuava como nenhum deles seria capaz. Porém, sua felicidade chegava ao auge quando, depois, pela manhã, era servido por sua conta um farto desjejum aos vigilantes, que se atiravam sobre a comida com o apetite de homens sadios depois de uma noite penosamente passada em claro. É verdade que até havia gente que queria ver nesse desjejum uma maneira ilícita de influenciar os vigilantes, mas isso já era ir longe demais e, quando se perguntava a essas pessoas se por acaso queriam assumir a vigilância em nome da causa, sem desjejum, esquivavam-se, mas, não obstante, persistiam em suas suspeitas.

Isso, porém, já fazia parte das suspeitas inerentes ao jejum. É que ninguém tinha condições de passar ininterruptamente todos aqueles dias e noites vigiando o artista da fome; ninguém, portanto, podia saber, por experiência própria, se realmente o jejum fora ininterrupto, sem falhas; só o próprio artista podia sabê-lo e, portanto, ser ao mesmo tempo o espectador totalmente satisfeito com o seu jejum. Ele, porém, nunca estava satisfeito por outra razão; talvez nem fosse o jejum mas a insatisfação consigo mesmo a causa de ter emagrecido tanto, a ponto de muitos, a contragosto, serem obrigados a abster-se de presenciar suas demonstrações por não poderem suportar o espetáculo. E que só ele sabia, e nenhum outro iniciado o sabia, como era fácil jejuar. Era a coisa mais fácil do mundo. Ele nem fazia segredo disso, mas não acreditavam no que dizia, tomando-o, na melhor das hipóteses, por modesto, em geral porém por faroleiro ou até por um farsante, para quem jejuar certamente era fácil, porque ele sabia como torná-lo fácil, e que ainda por cima tinha peito de meio que confessá-lo. Tudo isso era obrigado a suportar e, no correr dos anos, até se acostumara; mas por dentro essa insatisfação sempre o roía, e, no entanto, nunca, depois de nenhum período de jejum — e esse mérito tinha que se reconhecer — abandonara espontaneamente a jaula. Como prazo máximo, o empresário fixara quarenta dias; nunca deixava jejuar por mais tempo, nem nas metrópoles, e por boas razões. A experiência provara que durante quarenta dias era possível, através de um aumento gradativo da publicidade, espicaçar cada vez mais o interesse de uma cidade, mas depois o público escasseava e se constatava uma sensível diminuição da afluência; naturalmente, nesse aspecto, havia pequenas diferenças entre as cidades e os países, mas como regra, quarenta dias eram o tempo máximo. E então, no quadragésimo dia era aberta a porta da jaula engrinaldada de flores, uma entusiástica assistência lotava o anfiteatro, a banda militar tocava, dois médicos entravam na jaula para procederem às medições necessárias no artista da fome, os resultados eram anunciados à sala através de um megafone e, finalmente, apareciam duas moças, felizes por terem sido justamente elas as sorteadas para conduzirem o jejuador desde a jaula, descendo por alguns degraus, até uma mesinha onde estava servida uma refeição de doente, cuidadosamente selecionada. E, nesse momento, o artista da fome sempre opunha resistência. Embora ainda deitasse espontaneamente seus braços ossudos nas mãos solicitamente estendidas pelas jovens que se curvavam sobre ele, levantar-se, porém, não queria. Por que parar justamente agora, depois de quarenta dias? Teria aguentado ainda por muito tempo, por tempo ilimitado; por que parar justamente agora que estava no melhor, isto é, que ainda nem chegara ao melhor do jejum? Por que queriam privá-lo da glória de continuar jejuando, de tornar-se não só o maior artista da fome de todos os tempos — coisa que provavelmente já era —, mas também de suplantar-se a si mesmo até o inconcebível, pois não sentia limites para a sua capacidade de jejuar. Por que essa multidão que pretensamente o admirava tanto, tinha tão pouca paciência com ele? Se ele aguentava continuar jejuando, por que ela não queria aguentá-lo? Além do mais, sentia-se cansado, estava bem acomodado na palha e agora devia erguer-se em todo seu comprimento e caminhar até a refeição: só de pensar em comida já sentia náuseas, cuja exteriorização só a custo reprimia, em consideração às damas. E olhava para cima, nos olhos das moças aparentemente tão amáveis, mas na realidade tão cruéis, e sacudia a cabeça excessivamente pesada sobre o pescoço fraco. Mas então acontecia o mesmo de sempre. Chegava o empresário e, sem dizer uma palavra — a música não permitia que se falasse —, levantava os braços por sobre o artista da fome, assim, como se estivesse convidando os céus a contemplarem sua obra ali sobre a palha, esse mártir digno de compaixão, o que o artista da fome realmente era, só que num sentido bem diferente; pegava-o pela cintura fininha com um cuidado exagerado, querendo com isso fazer acreditar que estava lidando com algo muito frágil; e entregava-o — não sem sacudi-lo um pouco às escondidas, de modo a fazê-lo balançar descontrolado com as pernas e o tronco de um lado para o outro — às damas então mortalmente pálidas. A essa altura, o artista da fome tolerava tudo; a cabeça pendia sobre o peito, como se tivesse rolado até lá e ali se mantivesse inexplicavelmente, o corpo estava exaurido; as pernas, por instinto de conservação, pressionavam-se firmemente uma contra a outra na altura dos joelhos, mas não obstante raspavam o chão, como se este não fosse o verdadeiro, o verdadeiro ainda estavam a procurar; e todo o peso do corpo — embora bem reduzido — recaía sobre uma das moças que, procurando ajuda e com a respiração arquejante — não fora assim que imaginara essa honrosa missão —, primeiro espichava o pescoço o mais que podia, para livrar pelo menos o rosto do contato com o artista da fome, mas depois, como não o conseguisse, e sua companheira, mais afortunada do que ela, não viesse a seu socorro, contentando-se em levar, trêmula, à sua frente, a mão do jejuador, esse pequeno feixe de ossos, sob as risadas deleitadas da sala, irrompia em choro e tinha de ser rendida por um criado que há muito estava de prontidão. Depois era a hora da refeição. O empresário fazia-o então engolir alguma coisa em meio a uma sonolência semelhante a um desfalecimento, enquanto conversava alegremente para desviar a atenção do estado do artista; depois ainda era erguido um brinde ao público que, supostamente, fora sussurrado ao empresário pelo jejuador; a orquestra enfatizava tudo com uma grande clarinada, o povo se dispersava e ninguém tinha o direito de ficar insatisfeito com o que vira; ninguém, só o artista da fome, sempre só ele.

Assim viveu muitos anos com pequenos intervalos periódicos para descanso, em aparente glória, respeitado pelo mundo, mas, apesar de tudo isso, a maior parte do tempo presa de um humor soturno que se tornava cada vez mais soturno, porque ninguém era capaz de levá-lo a sério. Com que, afinal, se poderia consolá-lo? O que lhe restava a desejar? E quando alguma pessoa bondosa se compadecia dele e queria explicar-lhe que sua tristeza provavelmente provinha da fome, podia acontecer, principalmente quando o tempo de jejum já estava adiantado, que ele reagisse com um acesso de fúria e, para susto de todos, começasse a sacudir as grades como um animal. Para essas crises, porém, o empresário tinha um castigo que gostava de aplicar. Desculpava o artista da fome perante o público reunido, admitindo que só a irritabilidade provocada pela fome, difícil de ser compreendida assim sem mais nem menos por pessoas saciadas, podia tornar perdoável o comportamento do jejuador. Depois, nesse contexto, passava a referir-se à afirmação do artista — igualmente merecedora de uma explicação —, de que podia jejuar por muito mais tempo ainda do que estava jejuando; elogiava a elevada aspiração, a boa vontade, o grande espírito de sacrifício que certamente também estavam contidos nessa afirmação; mas depois procurava refutá-la, pura e simplesmente, mostrando fotografias que ao mesmo tempo eram vendidas, pois as imagens mostravam o artista da fome num quadragésimo dia de jejum, na cama, quase morto de fraqueza. Essa distorção da verdade que ele conhecia muito bem, mas sempre o enervava de novo, era demais para o artista. O que era efeito do encerramento prematuro do jejum, aqui se apresentava como a causa! Lutar contra essa falta de compreensão, contra esse mundo de ignorância, era impossível! Até aí ainda ficava escutando ansiosamente o empresário, na boa-fé, agarrado às grades, mas toda vez que apareciam as fotografias, largava as grades e, suspirando, deixava-se cair novamente na palha, e o público, agora tranquilizado, podia aproximar-se de novo para contemplá-lo.

Quando as testemunhas de tais cenas as relembravam alguns anos mais tarde, muitas vezes não compreendiam a si próprias. E que nesse meio tempo já havia ocorrido a mencionada virada; acontecera quase que de repente; poderia haver motivos mais profundos, mas quem tinha interesse em desvendá-los? O caso é que, um dia, o mal-acostumado artista viu-se abandonado pela multidão sequiosa de prazeres, que preferiu afluir a outros espetáculos. Mais uma vez, o empresário correu meia Europa com ele, para ver se não reencontrava, aqui e ali, o antigo interesse; tudo em vão como que por uma combinação secreta, em toda parte se havia instalado uma franca aversão ao espetáculo do jejum profissional. E claro que na realidade isso não podia ter acontecido assim, tão de repente; e agora, em retrospectiva, lembravam-se de muitos prenúncios que, em sua época, no delírio dos sucessos, não haviam sido suficientemente levados em consideração, nem suficientemente reprimidos; mas agora era tarde demais para tomar alguma providência. Sem dúvida, algum dia os jejuadores também voltariam a ter a sua época, mas, para os que viviam naqueles dias, isso não era consolo. E o que poderia o artista da fome fazer agora? Quem tinha sido aclamado por milhares, não podia exibir-se em barracas de pequenas feiras e, para abraçar uma outra profissão, o artista estava não só velho demais, mas sobretudo devotado ao jejum com excessivo fanatismo. Assim, dispensou o empresário, o companheiro de uma carreira sem igual, e aceitou trabalhar num grande circo. Para não ferir a sua suscetibilidade, nem olhou as condições contratuais.

Um circo grande, com sua infinidade de pessoas, animais e aparelhos que continuamente se compensam e complementam aproveita qualquer um e a qualquer hora, mesmo um artista da fome, contanto que suas pretensões sejam modestas, naturalmente. Além disso, nesse caso particular, não era apenas o próprio jejuador que estava sendo contratado, mas também o seu antigo e famoso nome. Tampouco se podia dizer — dada a peculiaridade dessa arte que não regride à medida que a idade progride — que um artista veterano, decadente, estivesse querendo refugiar-se num tranquilo posto de circo. Ao contrário, o artista da fome assegurava que jejuava tão bem quanto antes, o que era perfeitamente crível; afirmava até que, se o deixassem agir por sua vontade — o que lhe foi prontamente prometido —, a rigor só agora iria, e com razão, assombrar o mundo; uma afirmação que, no entanto, tendo presente o espírito reinante na época — detalhe que o artista da fome em seu entusiasmo facilmente esquecia —, só provocou sorrisos de parte dos entendidos no ramo.

Mas, no fundo, também o jejuador não perdeu a noção das condições da realidade, aceitando com naturalidade que não fosse colocado com sua jaula no centro do picadeiro como atração principal, e, sim, acomodado no lado de fora, num lugar aliás bastante acessível, nas proximidades da tenda dos animais. Grandes letreiros coloridos circundavam a jaula, anunciando o que ali havia para ser visto. Quando o público, nos intervalos da apresentação, se dirigia aos empurrões em direção à tenda para ver os animais, era quase inevitável que passasse pelo artista da fome e ali se detivesse um pouco; talvez ficasse mais tempo com ele, se os que vinham atrás, comprimindo-se pelo estreito corredor, não entendendo essa parada no caminho para a tão ansiosamente visada tenda dos animais, não tornassem impossível uma contemplação mais demorada e tranquila. Esse também era o motivo por que o jejuador tremia diante dessas horas de visitação, que, por outro lado, sendo o objetivo de sua vida, naturalmente desejava intensamente. Nos primeiros tempos, mal pudera esperar os intervalos das apresentações; antecipava, encantado, as ondas de gente vindo em sua direção, até que logo, logo, se convenceu — também a ilusão mais renitente, quase consciente, não resistia às experiências — que a intenção de todas aquelas pessoas, sempre, sem exceção, era visitar os animais. E aquela cena vista de longe ainda continuava sendo a mais bela. Pois, no que chegavam até ele, logo cercava-o um turbilhão de gritos e xingações das duas facções que se renovavam continuamente — a dos que queriam olhá-lo à vontade (e que não tardou a tornar-se a mais desagradável para o artista da fome), não por questão de compreensão, mas por capricho e teimosia, e a dos que queriam ir diretamente à tenda dos animais. Depois que o grosso do povo havia passado, vinham os retardatários e, esses, a quem ninguém impedia de ficarem parados o tempo que quisessem, passavam por ele apressadamente, a passos largos, quase sem olhar para os lados, para chegarem a tempo de ver os animais. E não era muito frequente dar a sorte de um pai de família vir com seus filhos, apontar com o dedo para o jejuador, explicar detalhadamente do que se tratava, contar episódios de anos passados quando assistira apresentações semelhantes, mas incomparavelmente mais grandiosas e, embora as crianças, devido ao preparo insuficiente que tinham de escola e de vida, ainda continuassem sem entender — o que significava para elas jejuar? — revelavam, no entanto, no brilho de seus olhos perscrutadores, algo dos novos tempos, vindouros e mais dementes. Talvez — dizia às vezes consigo mesmo o artista da fome —, tudo melhorasse um pouco se a jaula não estivesse localizada tão perto da tenda dos animais. Essa circunstância tornava a escolha fácil demais para o público, sem falar nas exalações vindas da tenda, na inquietação dos animais à noite, nos pedaços de carne crua que eram levados para as feras, nos rugidos durante a alimentação, que o magoavam e constantemente o deprimiam. Contudo, não ousava reclamar à direção, pois, apesar de tudo, era aos animais que devia a quantidade de visitantes, entre os quais, vez por outra, podia encontrar-se algum destinado a ele. Sabe lá em que canto o esconderiam se fosse lembrá-los de sua existência e, com isso, também do fato de que, a rigor, ele só era um obstáculo no caminho para a tenda dos animais.

Um obstáculo pequeno, é verdade, um obstáculo cada vez menor. O povo foi se acostumando à singularidade de se pretender, nos dias de hoje, chamar atenção para um artista da fome e, com essa habituação, estava pronunciada a sua sentença. Por melhor que jejuasse, e fazia o que podia, nada mais podia salvá-lo; as pessoas passavam reto por ele. Tente explicar a alguém a arte de jejuar! Quem não tem senso para isso, não consegue entendê-lo. Os belos letreiros foram ficando sujos e ilegíveis, foram sendo arrancados e a ninguém ocorreu substituí-los; a tabuletinha com o número dos dias de jejum cumpridos, que nos primeiros tempos fora cuidadosamente mudada todos os dias, há muito continuava sempre a mesma, pois após as primeiras semanas o pessoal enjoara até mesmo desse pequeno serviço. E assim o artista da fome continuou jejuando, tal como outrora um dia sonhara, e conseguia fazê-lo sem esforço, bem como havia predito, mas ninguém contava os dias, ninguém; nem mesmo o próprio artista conhecia a dimensão de sua façanha, e seu coração ficou pesado. E se porventura, nesse período, algum ocioso se detivesse e fizesse troça da cifra antiga e falasse em logro, estava, nesse sentido, dizendo a mentira mais estúpida que a indiferença e a maldade inata podiam inventar, porque o artista da fome não estava logrando ninguém; trabalhava honestamente, mas era o mundo que o lograva em sua recompensa.

No entanto, ainda passaram-se muitos dias, até que também isso teve um fim. Certa vez, um inspetor viu sua atenção chamada para a jaula e perguntou aos serventes por que deixavam sem uso aquela jaula bem aproveitável, cheia de palha apodrecida. Ninguém sabia, até que um deles, por intermédio da tabuleta, lembrou-se do artista da fome. Remexeram a palha com varas e ali encontraram o jejuador.

— Você ainda está jejuando? — perguntou o inspetor. — Quando é que você vai parar com isso?

— Perdoem-me todos — sussurrou o artista da fome; só o inspetor que estava com o ouvido colado às grades, entendeu-o.

— Sem dúvida — disse o inspetor, colocando o dedo na testa, para dar a entender ao pessoal o estado mental do jejuador. — Nós lhe perdoamos.

— O tempo todo eu quis que vocês admirassem o meu jejum — disse o artista da fome.

— E nós admiramos — respondeu o inspetor, solícito.

— Mas não era para vocês admirarem — disse o jejuador.

— Pois bem, então não admiramos — disse o inspetor. — Mas por que não devemos admirar?

— Porque eu preciso jejuar, não tenho outra saída — disse o artista da fome.

— Ora, vejam só — disse o inspetor —, e por que você não tem outra saída?

— Porque eu — disse o artista da fome, levantando um pouco a cabecinha e falando com os lábios em bico como se fosse dar um beijo, diretamente dentro do ouvido do inspetor, para que nada se perdesse — não pude encontrar o manjar que me agrade. Se o tivesse encontrado, acredite-me, eu teria me empanturrado como você e todo mundo, sem fazer nenhum alarde.

Essas foram as últimas palavras; mas em seus olhos abatidos ainda persistia a convicção firme, embora não mais orgulhosa, de que continuava jejuando.

— Agora tratem de arrumar isso! — disse o inspetor, e o artista da fome foi enterrado com palha e tudo. Mas na jaula colocaram uma pantera nova. Foi um alívio sensível, até para a mente mais embotada, ver esse animal selvagem se revirando na jaula há tanto tempo deserta. Nada lhe faltava. O alimento de que gostava, os guardas lhe traziam sem pensar muito; nem mesmo da liberdade parecia sentir falta; aquele corpo nobre provido de todo o necessário a ponto de quase estourar, parecia carregar consigo também a liberdade; parecia estar nalgum lugar entre os seus dentes. A alegria de viver brotara de sua goela com tamanho ardor, que para os espectadores não era fácil resistir-lhe. Mas dominavam-se, apinhavam-se em torno da jaula e não queriam mais sair dali.

Tradução de Betty M. Kunz

Franz Kafka

E os absurdos da realidade

Bettman/Corbis/Stock Photos

Antes de morrer, Kafka pediu ao melhor amigo que queimasse todos seus escritos.

Franz Kafka nasceu em 3 de julho de 1883, na cidade de Praga.

Era o filho mais velho de um comerciante judeu chamado Hermann Kafka, que iria exercer sobre o filho uma influência negativa e repressora, por não reconhecer sua vocação para a literatura.

Kafka fez seus estudos em Praga, no colégio alemão, e posteriormente na universidade dessa mesma capital, onde, em 1906, se formou em Direito.

Trabalhou como advogado em uma companhia particular, e mais tarde no Instituto de Seguros contra Acidentes de Trabalho, de caráter semiestatal.

Em 1917, os primeiros sintomas da tuberculose pulmonar se manifestaram, doença que iria matá-lo anos depois. A partir daí, alterou temporadas em sanatórios com o trabalho burocrático, sem nunca parar de escrever. Morreu em 1924, em Kierling, perto de Viena.

Pouco da obra de Kafka foi publicado durante sua vida. Ele chegou a pedir ao amigo Max Brod que queimasse todos os seus escritos. Não atendido, os livros foram publicados postumamente e lhe garantiram a posição de um dos maiores escritores do século XX.

De sua obra, caracterizada por narrativas em que o insólito e o absurdo quebram a normalidade e a rotina, o homem é mostrado como um ser solitário, e terrivelmente oprimido pelas engrenagens sociais. Podem-se destacar títulos como *O processo*, *A metamorfose* e *A colônia penal*.

Miguel de Cervantes

Corbis/Stock Photos

O casamento enganoso

Miguel de Cervantes

Saía do Hospital da Ressurreição, que fica em Valladolid, depois da Porta do Campo, um soldado que, por usar a espada como cajado, pela magreza de suas pernas e pela palidez de seu rosto, demonstrava claramente — embora não estivesse fazendo muito calor — que deveria ter transpirado em vinte dias tudo o que, com toda certeza, adquirira numa hora. Caminhava cambaleando, tropeçando a todo momento, como um convalescente e, ao transpor a porta da cidade, percebeu vindo em sua direção um amigo que não via fazia mais de seis meses. Este, benzendo-se como se tivesse visto alguma assombração, aproximou-se e lhe disse:

— Que aconteceu, senhor alferes Campuzano? É possível que esteja nesta terra? Eu o imaginava em Flandres, empunhando a lança, e não por estes lados, arrastando a espada. Que palidez, que fraqueza é essa?

Campuzano respondeu:

— Se estou ou não nesta terra, senhor licenciado Peralta, minha presença pode lhe dizer. Quanto às outras perguntas, nada tenho a responder, a não ser que estou saindo do hospital, onde suportei quarenta suadouros, por causa de uma mulher que escolhi para esposa, coisa que jamais deveria ter feito.

— Vossa mercê se casou? — perguntou Peralta.

— Sim, senhor — respondeu Campuzano.

— Se foi por amor — disse Peralta, acrescentando — tais casamentos trazem sempre junto o arrependimento.

— Não saberei dizer se foi ou não por amor — respondeu o alferes —, embora possa garantir que foi por amargor, pois do meu casamento, ou cansamento, carrego tais coisas no corpo e na alma que as do corpo, para curá-las, me custaram quarenta suadouros, mas para as da alma não encontro um remédio que possa aliviá-las. Mas vossa mercê vai me perdoar: eu não posso manter conversas longas na rua. Em outro dia, mais comodamente, lhe contarei minhas aventuras, as mais diferentes e originais que vossa mercê já terá ouvido em todos seus longos dias.

— Não há de ser assim — disse o licenciado —, pois desejo que venha até minha morada; ali comeremos à vontade. Além disso, tenho comida própria para convalescentes, preparada para dois. Meu criado se contentará com um pastel. Se a sua convalescença permitir, umas fatias de presunto cordobês servirão para nos abrir o apetite. E ofereço isso de boa vontade, agora e todas as vezes que vossa mercê desejar.

Campuzano agradeceu-lhe, aceitou o convite e os oferecimentos. Foram ambos até San Llorente, onde assistiram à missa. Depois, Peralta levou o amigo até sua casa, dando-lhe o prometido e insistindo para que repetisse. Tendo ele acabado de comer, Peralta lhe pediu para narrar os acontecimentos que tanto o haviam mortificado. Campuzano não se fez de rogado e começou a falar:

— Vossa mercê deve se lembrar, senhor licenciado Peralta, como fui, nesta cidade, amigo do capitão Pedro de Herrera, que agora está em Flandres.

— Lembro bem — respondeu Peralta.

— Pois um dia — prosseguiu Campuzano —, quando mal terminávamos a refeição na pousada da Solana, onde vivíamos, entraram duas mulheres de elegante aspecto, acompanhadas por duas criadas; uma delas logo se pôs a falar com o capitão, ambos encostados num canto da janela; a outra sentou-se numa cadeira junto à minha, cobrindo-se com o xale até o pescoço, não deixando ver do seu rosto mais do que a transparência do xale permitia. Embora eu lhe solicitasse gentilmente que se descobrisse, nada consegui. Para completar a história, seja de propósito ou por acaso, ela exibiu uma mão muito branca, coberta de magníficas joias. Eu me sentia importantíssimo com aquela grande corrente que vossa mercê talvez tenha conhecido, com meu chapéu de plumas e cordões, com o traje de cores e a arrogância de um soldado, tão imponente diante de minha própria vaidade que me sentia flutuar. Com tudo isso, roguei-lhe que se descobrisse, ao que ela respondeu:

— Não seja importuno. Tenho minha casa. Faça com que um pajem me siga, pois, embora eu seja mais honrada do que faz achar esta resposta, quero ver se sua discrição corresponde a sua galhardia; permitirei que me veja.

Beijei-lhe as mãos pelo grande favor que me fazia e em troca lhe prometi montes de ouro. O capitão concluiu a sua conversa e elas se foram seguidas por meu criado. O capitão me disse que a dama lhe pedira para levar cartas a outro capitão, em Flandres. Dizia que eram para um primo, mas ele sabia que eram para seu amante. Eu fiquei abrasado pela mão de neve que havia visto e ansioso pelo rosto que desejava ver. Assim, no dia seguinte, guiado por meu pajem, fui visitá-la. Encontrei uma bela residência e uma mulher de quase trinta anos, a quem reconheci pelas mãos. Não era excepcionalmente bela, mas podia prender pelo trato, com conversa familiar, pois possuía um tom de voz tão suave e penetrante que chegava até a alma. Mantivemos longos e amorosos colóquios; alardeei, garganteei, prometi; dei enfim todas as demonstrações que me pareceram necessárias para tornar-me querido, mas ela parecia ter sido feita para ouvir maiores oferecimentos e razões. Ouvia, mas parecia não me acreditar. Para concluir, nossos colóquios passaram-se em banalidades durante quatro dias. Continuei a visitá-la, sem chegar, porém, a colher o fruto desejado.

Nos momentos em que a visitei, sempre encontrei a casa livre; jamais notei traço de parentes fingidos ou amigos verdadeiros. Servia-a uma moça mais astuta do que ingênua.

Tratando meus amores como soldado em vésperas de partida, apressei, finalmente, a senhora dona Estefânia de Caicedo — pois esse é o nome de quem me deixou assim —, que respondeu:

— Seria ingenuidade, alferes Campuzano, se eu quisesse vender-me a vossa mercê como santa; tenho sido pecadora e ainda sou, embora não dê motivos para que os vizinhos murmurem e os empregados comentem. Nem herdei coisa alguma de meus parentes, mas apesar disso o que tenho aqui em casa vale, bem contados, 2.500 escudos; e isso em coisas que, vendidas, haverão de se converter em bom dinheiro. Com essa fortuna, procuro marido para me entregar, para obedecer e a quem, juntamente com o vínculo de minha vida, entregarei uma enorme solicitude em agradar e servir. Príncipe nenhum terá cozinheiro mais cuidadoso ou que melhor saiba acertar nos guisados. Sei ser um bom mordomo, um ótimo cozinheiro e melhor senhora na sala; na verdade, sei mandar e sei fazer com que me obedeçam. Nada desperdiço e economizo muito. O dinheiro não vale menos e sim mais quando é gasto sob minha orientação. A roupa branca que tenho, que é muita e da melhor qualidade, não foi adquirida em lojas ou com vendedores ambulantes; foi feita com estes dedos e com os das minhas criadas e, se fosse possível tecê-la em casa, assim o teríamos feito. Digo essas coisas sem modéstia, pois não há mal algum quando a necessidade nos obriga a dizê-las. Acrescento, finalmente, que procuro marido que me ampare, dirija e honre, e não amante que se aproveite e depois me injurie. Se vossa mercê souber apreciar, neste momento, a prenda que lhe é oferecida, estou a sua disposição, sujeita a tudo quanto vossa mercê obrigar, e isso sem colocar-me à venda, que é a mesma coisa que andar na língua dos casamenteiros. Não há nada melhor para se chegar a um acordo do que uma conversa entre as próprias partes.

Eu, que estava com o juízo não na cabeça, mas sim nos calcanhares, julgando a felicidade ainda maior do que a imaginação me pintava, e sendo-me oferecida tamanha quantidade de bens — eu já os contemplava convertidos em dinheiro —, sem fazer mais comentários do que aqueles a que dava lugar a ventura, que me enfraquecia o raciocínio, respondi que me sentia muito alegre e afortunado por ter o céu me dado, quase que por milagre, tal companheira para fazê-la senhora de minha vontade e dos meus bens, não tão poucos que não valessem junto com aquela corrente que usava no peito e outras pequenas joias que estavam em casa, além das minhas galas de soldado, mais de dois mil ducados, que com os 2.500 dela, somavam quantia mais do que suficiente para vivermos na aldeia onde nasci e onde possuía alguma terra; tais haveres, convertidos em dinheiro, renderiam seus frutos com o tempo, permitindo-nos uma vida alegre e descansada. Em suma, naquela noite acertamos o casamento e nos despedimos de nossas vidas de solteiros; nos três dias de festas que vieram na Páscoa fizeram-se as declarações e no quarto dia nos casamos, estando presentes dois amigos meus e um rapaz que dizia ser primo dela. Tratei-o como a um parente, com palavras amáveis, como o foram as que ele dirigira a minha nova esposa; mas ele falava com intenção tão falsa e hipócrita que eu prefiro calar, porque, embora esteja dizendo somente verdades, não são verdades de confessionário, dessas que não podem deixar de ser ditas.

O criado levou meu baú da minha morada para a casa de minha mulher. Encerrei ali, diante dela, a minha esplêndida corrente, mostrando-lhe outras três ou quatro, não do mesmo tamanho, porém da melhor qualidade, assim como três ou quatro cintos de diversos tipos. Mostrei-lhe também as roupas e os chapéus, entregando-lhe, para as despesas da casa, os quatrocentos reais que possuía. Seis dias desfrutei calmamente a lua de mel, feito genro pobre em casa de sogro rico. Pisei caros tapetes, dormi sobre colchas de holanda, estive à luz de candelabros de prata. Almoçava na cama, levantando-me às onze horas, comendo de novo às doze e fazendo a sesta às duas. Dona Estefânia e sua criada excediam-se em cuidados e agrados. Meu criado, que até então fora lerdo e preguiçoso, se transformou num cervo. Nos momentos em que dona Estefânia não estava ao meu lado, era fácil achá-la na cozinha, solícita em preparar guisados que me despertassem o gosto e avivassem o apetite. Minhas camisas, colarinhos e lenços, pelo perfume que exalavam, pareciam um novo jardim de Aranjuez, banhados como eram em água perfumada por flor de laranjeira.

Esses dias passaram voando como passam os anos sob o império do tempo. Por ver-me tão regalado e bem servido, se transformara em boa a má intenção com que iniciara aquela história. No fim deles, certa manhã, quando ainda estava no leito com dona Estefânia, bateram fortemente à porta. A criada surgiu à janela e disse:

— Oh! Seja bem-vinda! Veio antes do que esperávamos!

— Quem é que chegou, criatura? — perguntei.

— Quem? — ela respondeu. — Minha senhora, dona Clementa Bueso, acompanhada pelo senhor Lope Meléndez de Almendárez, dois criados e a ama Hortigosa.

— Corra, mulher, abra a porta, que já vou! — disse dona Estefânia à criada. — E você, meu senhor, pelo amor que tem por mim, não se assuste e nem responda em meu lugar a coisa alguma que ouvir contra mim.

— Mas quem é que vai se atrever a ofendê-la em minha presença? Diga que gente é essa que lhe causa tanta perturbação!

— Não tenho tempo para lhe responder — disse dona Estefânia. — Saiba apenas que tudo o que acontecer é fingimento e visa a certo objetivo, o qual saberá depois.

Eu quis replicar, mas a senhora dona Clementa Bueso não permitiu, pois entrou no quarto arrastando a cauda do longo vestido verde todo enfeitado com cordões de ouro, capinha da mesma espécie, chapéu de plumas verdes, brancas e vermelhas e rico cinto de ouro. Metade do seu rosto estava oculto por um leve véu. Em sua companhia entrou o senhor Lope Meléndez de Almendárez, não menos elegante nem menos ricamente vestido.

Dona Hortigosa, que foi a primeira a falar, exclamou:

— Jesus! Que é isto? Ocupando o leito da senhora Clementa e além do mais com um homem? Que milagres vejo nesta casa! Não há dúvida de que dona Estefânia trocou os pés pelas mãos, abusando da amizade de minha senhora.

— Tem razão, dona Hortigosa, mas a culpa é minha. Que nunca mais eu me aborreça novamente por arranjar amigas que só sabem ser amigas quando precisam!

A tudo isso, dona Estefânia respondeu:

— Não se aborreça, dona Clementa Bueso, e acredite que não é sem mistério que a senhora vê estas coisas em sua casa; quando souber da verdade, sei que serei desculpada e vossa mercê não terá motivo nenhum para queixa.

A essa altura eu já havia vestido a calça e a camisa. Dona Estefânia, pegando-me pelo braço, levou-me a outro quarto e ali me disse que aquela sua amiga desejava enganar o senhor Lope, com o qual pretendia se casar, e que precisava fazer com que ele acreditasse que aquela casa e tudo o que havia nela lhe pertencia, pois ela pretendia fazer disso o seu dote. Depois do casamento realizado, pouco importava que descobrissem a artimanha, pois dona Clementa confiava no grande amor que lhe tinha o senhor Lope.

— Logo ela vai me devolver tudo. Não se deve levá-la a mal e nem a qualquer outra mulher que procure marido honrado, ainda que por meio de um ardil.

Eu lhe respondi que era prova de uma grande amizade o que desejava fazer e que primeiro pensasse bem, porque depois poderia precisar, sem ter necessidade, recorrer à justiça para reaver seus bens. Ela, porém, respondeu com tantas e tais razões, mostrando quantas coisas a obrigavam a servir a dona Clementa, coisas de pouca importância na verdade, que, embora de má vontade e com remorso, concordei com seu desejo. Ela me garantiu que o plano duraria somente oito dias, durante os quais ficaríamos em casa de outra amiga sua. Acabamos de nos vestir e ela, despedindo-se de dona Clementa Bueso e do senhor Lope Meléndez de Almendárez, disse ao meu criado que carregasse o baú e a seguisse. Eu também a segui, sem me despedir de ninguém.

Dona Estefânia parou em casa de uma amiga e, antes que entrássemos, passou lá dentro um bom tempo falando com ela. Depois apareceu uma criada mandando que entrássemos, eu e o criado. Ela nos levou a um pequeno aposento, onde havia duas camas tão juntas que pareciam ser uma só; não havia espaço para separá-las e as cobertas pareciam beijar-se. Ali ficamos por seis dias e em todos eles não houve uma única hora em que não tivéssemos alguma discussão. Eu lhe falava da loucura que fizera em ter deixado a casa e seus bens, ainda que fosse para sua própria mãe. Durante as discussões, eu ia e vinha pelo quarto, tanto que a dona da casa, num dia em que dona Estefânia fora ver como andavam as coisas, quis saber qual era a razão que me levava a discutir tanto com ela e por que tanto a ofendia ao lhe dizer que o que fizera era mais idiotice do que amizade perfeita. Eu lhe contei toda a história, falei que havia me casado com dona Estefânia e falei do dote que ela trouxera. Quando lhe falei da grande bobagem de deixar a casa para dona Clementa, embora fosse com a intenção de conseguir um marido da importância do senhor Lope, ela começou a se benzer e a persignar-se com rapidez e com tantos "ai, Jesus!, que mulher!" que eu não pude deixar de ficar muito preocupado. Ela então me disse:

— Senhor alferes, não sei se vou contra minha consciência ao lhe contar o que também me pesaria se ficasse calada. Mas, por Deus e pelo destino, seja lá o que for, que viva a verdade e morra a mentira! E a verdade é que dona Clementa Bueso é a verdadeira dona da casa e dos bens que lhe deram como dote; e mentira foi tudo o que lhe contou dona Estefânia. Ela não possuía casa, nem bens, nem outro vestido a não ser aquele que carrega no corpo. E, para tornar viável tudo isso, dona Clementa resolveu visitar um parente em Plasencia e dali foi fazer uma novena para Nossa Senhora de Guadalupe. Nesse espaço de tempo deixou dona Estefânia cuidando de sua casa, pois elas são realmente boas amigas. Claro que não se deve culpar a pobre mulher, pois afinal soube arranjar como marido uma pessoa como o senhor alferes.

Aqui terminou a conversa dela e começou meu desespero. E, sem dúvida, ele teria se prolongado se meu anjo da guarda não acorresse dizendo-me para não esquecer que era cristão e que o maior pecado dos homens era o desespero, por ser pecado dos demônios. Essa boa inspiração me confortou um pouco, mas não impediu que apanhasse a capa e a espada e saísse à procura de dona Estefânia, com intenção de lhe dar um exemplar castigo; mas o acaso, que não saberei dizer se piora ou melhora as coisas, quis que eu não a encontrasse em lugar nenhum onde pensava encontrá-la. Fui a San Llorente e encomendei-me à Nossa Senhora; sentei num banco e o desgosto me fez cair num sono tão pesado que não despertaria dele tão cedo se não me sacudissem. Fui cheio de pensamentos e de aflição à casa de dona Clementa; encontrei-a tão à vontade como senhora que era de sua casa, e não ousei dizer-lhe nada porque o senhor Lope estava presente. Voltei à casa de minha hospedeira, que me disse haver contado a dona Estefânia como eu já sabia de toda a sua falsidade e que ela lhe havia perguntado que cara eu fizera com a notícia. A criada havia lhe respondido que uma cara muito má e que, ao que lhe parecia, eu saíra para procurá-la com péssimas intenções. Disse, finalmente, que dona Estefânia levara tudo o que estava no baú, sem deixar nele uma só peça de roupa.

Aí é que foram elas! Deus me tinha outra vez em suas mãos. Fui ver o baú e achei-o aberto, como um túmulo à espera de um cadáver, que poderia muito bem ter sido o meu se não tivesse calma para sentir e ponderar tamanha desgraça.

— Foi bem esperta — disse nesse momento o licenciado Peralta —, por ter levado tantos cintos e correntes, pois como se diz, todas as dores são dores... etc., etc.

— Não me importei com isso — respondeu o alferes —, pois também poderei dizer: "Senhor Simueque pensou que me enganava com sua filha vesga, mas pela vontade de Deus eu sou coxo".

— Não sei por que vossa mercê está dizendo isso — respondeu Peralta.

— Acontece — disse o alferes — que aquele embrulho, aquele conjunto de correntes, cintos e brincos poderia valer quando muito dez ou doze escudos.

— Isso não é possível — exclamou o licenciado —, só a corrente que o senhor usava no pescoço parecia valer mais de duzentos ducados.

— Assim seria — respondeu o alferes —, se a verdade correspondesse à aparência; porém, como nem tudo o que reluz é ouro, as correntes, os cintos, os brincos e outras joias eram apenas imitações. Estavam tão bem-feitas que somente o toque ou o fogo poderiam revelar sua qualidade.

— Dessa forma — disse o licenciado —, houve empate nesse jogo entre vossa mercê e a senhora dona Estefânia?

— E de tal maneira — respondeu o alferes —, que poderia voltar a baralhar as cartas. Mas o principal problema, senhor licenciado, é que ela poderá se desfazer de minhas joias e eu não poderei sair do laço em que cai, pois, embora me pese muito, ela é minha mulher.

— Dê graças a Deus, Campuzano — disse Peralta —, pois ela foi embora pela própria vontade e vossa mercê não tem a obrigação de ir buscá-la.

— Verdade — respondeu o alferes —, mas com tudo isso, embora não a procure, a tenho sempre no pensamento, e onde quer que eu vá, a afronta vai estar presente.

— Não sei o que responder — disse Peralta —, a não ser trazer a sua memória dois versos de Petrarca, que dizem:

Che chi prende diletto di far frode,
non s'ha di lamentar s'altro l'inganna.

O que em nossa língua quer dizer: "Aquele que tem o costume e gosto de enganar os outros não deve se queixar quando é enganado".

— Não me queixo — respondeu o alferes —, apenas me lastimo, pois o culpado não deixa de sentir a pena do castigo somente por reconhecer a culpa. Tentei enganar, bem sei, e fui enganado. Feriram-me com minhas próprias armas, mas não posso evitar que esses sentimentos me assaltem. Finalmente, o que mais importa na minha história, se é que posso chamar assim as minhas aventuras, é ter sabido que dona Estefânia partiu com o primo, o mesmo que se encontrava em nosso casamento e que tempos atrás havia sido seu amigo para qualquer coisa. Eu não quis procurá-la para não completar minha desgraça. Mudei de casa e de cabelo em poucos dias, pois começaram a cair os pelos de minhas sobrancelhas, dos cílios e pouco a pouco eles se foram; tornei-me calvo antes do tempo: tive uma doença chamada alopecia, conhecida por outro nome mais claro, que é calvície. Encontrei-me verdadeiramente liso: não possuía cabelos para pentear nem dinheiro para gastar. A doença caminhou ao lado da minha miséria e, como a pobreza atropela a honra e leva uns à forca, outros ao hospital e ainda faz outros bater às portas dos inimigos com súplicas e submissões, o que é uma das maiores desgraças que podem acontecer a um infeliz, e por não ter podido garantir as roupas que me haveriam de proteger e assegurar a saúde, ao chegar o tempo em que se dão os suadouros no Hospital da Ressurreição, me dirigi para lá e tomei quarenta suadouros. Dizem que sararei se me tratar; espada ainda possuo, o resto ficará nas mãos de Deus.

Tradução de Mustafa Yazbek

Miguel de Cervantes

Retratos da alma humana

Corbis/Stock Photos

Dom Quixote e Sancho Pança foram as criações mais famosas de Cervantes, considerado o pai do romance moderno.

Miguel de Cervantes Saavedra nasceu em Alcalá de Henares, vila próxima a Madri, no ano de 1547. O pai, apesar de pobre, cuidou da instrução primária do filho. Aos 20 anos de idade, já vivendo em Madri, Cervantes frequentou cursos de gramática e retórica, escrevendo sonetos e poemas que despertaram atenção.

Poucos anos mais tarde, Cervantes alistou-se no exército espanhol. A carreira militar lhe causou um acidente com a mão esquerda. Ainda assim, manteve-se no exército até 1575, quando decidiu retornar à terra natal. Sua galera, entretanto, foi aprisionada por piratas argelinos e ele foi conduzido ao cativeiro, onde permaneceu como escravo por cinco anos.

Depois de muitas tentativas de fuga, Cervantes foi resgatado. Voltou à Espanha e, enfrentando sempre dificuldades financeiras, deu início a uma atividade literária constante, com a encenação de diversas peças teatrais de sua autoria. De qualquer forma, a tranquilidade não lhe estava predestinada: por crimes que não cometeu, foi preso duas vezes.

A partir de 1606, porém, a notoriedade literária obtida com a publicação de *O engenhoso fidalgo D. Quixote de la*

Mancha garantiu a Cervantes certo sossego pelos últimos dez anos de vida. Faleceu de mal cardíaco em 23 de abril de 1616.

Das obras de Miguel de Cervantes destacam-se seus textos em prosa, como por exemplo o volume *Novelas exemplares*, narrativas de ampla variedade temática, entre as quais está "O casamento enganoso", o texto que você acabou de ler. Mas a realização máxima de Cervantes é, sem dúvida, o célebre *D. Quixote*, considerado o marco inicial do romance moderno.